빠져들 수밖에 없는
캐릭터

빠져들 수밖에 없는
캐릭터

무뚝뚝한 독자라도

에일린 쿡 지음

지여울 옮김

월북

추천의 글

이라하
〈정신병동에도 아침이 와요〉 웹툰 작가

어떤 사건이나 사고를 겪은 사람은 이전과는 달라진 모습을 보인다. 〈정신병동에도 아침이 와요〉 초고를 쓸 때 특히 막막했던 것은 이런 인물의 변화를 자연스럽게 그려내는 것이었다. 재활 상담가이자 작가로서 폭넓은 경험을 쌓아온 에일린 쿡은 이 책에서 깊이 있고 입체적인 캐릭터를 조형하는 팁을 구체적으로 알려준다.

인물의 내면을 드러내려면 어떤 행동을 어떻게 묘사해야 하는지, 인물 간의 관점 차이를 보여주려면 어떤 방법을 활용해야 하는지 실제로 글을 쓰면서 고민했을 법한 지점들을 쉽고 친절하게 짚어준다. 자꾸만 시선이 가는 매력적인 캐릭터를 창조하기 위해 밤낮으로 고심했던 작가들에게 든든한 버팀목이 되어줄 실용적이고 흥미로운 가이드북이다.

차례

정말 실제로 존재하는 것처럼

생생한 캐릭터를 창조해낸 모든 작가에게

감사의 마음을 담아.

작가들을 위한 창작 아카데미의 철학

✦

작가라면 다들 비슷하겠지만 나 또한 책을 처음 접한 것은 독자로서였다. 어릴 때부터 부모님과 일주일에 한 번씩 도서관에 가 책을 한 무더기씩 빌려 읽었다. 그러다 이야기를 지어내는 사람이 따로 있다는 사실을 알게 된 순간, 이것이야말로 내가 하고 싶은 일이라는 사실을 깨달았다. 도서관 서가에서 미래에 내가 쓸(아직 쓰기 시작하지도 않은) 책이 들어가게 될 자리를 손으로 훑어보는 습관이 생긴 것도 그때였다. 나는 몰래 서가에 내 자리를 비워두곤 했다.

그러던 어느 날 여느 때처럼 도서관 서가를 살펴보고 있었는데, 놀랍게도 평소 하던 대로 이미 내 자리가 마련되어 있었다. 누군가 책과 책 사이를 미리 벌려둔 것이다! 궁금해하던 찰나, 어린이 자료실 사서가 다가오더니 속삭이듯 말했다.

"걱정하지 마. 내가 네 자리를 마련해둘게."

그 사서는 작가가 되겠다는 내 꿈을 믿어준 최초의 몇 명 중 하나였다.

작가에게는 자신의 꿈을 믿어주는 사람, 포기하고 싶어질 때 버틸 수 있게 잡아주는 사람이 필요하다. 그렇다. 글 쓰는 일에는 용기가 필요하다. 단어가 도무지 떠오르지 않아도 끈질기게 쓰려 노력하는 용기, 다른 사람에게 보여주고 그들의 의견을 기꺼이 귀담아듣는 용기, 에이전트나 편집자, 아니면 독립 출판을 통해 자신의 이야기를 세상에 내보이는 용기 말이다.

아, 한 가지 나쁜 소식이 있다. 세상에는 작가라는 꿈을 어리석다고 말하는 사람, 용기를 북돋워주기는커녕 굳이 수고를 들이면서까지 기를 꺾으려 드는 사람이 너무도 많다는 것이다. 자기 자신의 꿈을 이루려 노력하기보다 다른 사람의 꿈을 짓밟는 편이 더 쉽기 때문이다.

우리가 '작가들을 위한 창작 아카데미'를 시작한 것도 바로 이런 이유에서다. 우리는 작가가 큰 꿈을 품을 수 있는 곳, 그 꿈을 이루기 위해 필요한 실용적 길잡이를 얻을 수 있는 장소를 마련하고 싶었다. 생각의 결이 비슷한 사람이 모이는 공동체를 만들어 작가에게 힘을 실어주고, 실질적인 도움을 지원하고, 글을 쓰는 여정에서 다음 단계로 나아갈 수 있도록 돕고 싶었다. 도저히 해낼 수 없을 것 같을 때, 귓가에 "너는 할 수 있어!"라고 속삭이는 목소리가 되고 싶었다. 『빠져들 수밖에 없는 캐릭터』는 이 목표를 이루기 위한 여정의 일부다. 걱정할 것 없다. 서가에는 언제나 당신을 위한 자리가 마련되어 있을 테니.

이 책을 가장 잘 활용하는 법

✦

나는 물건이 어지럽게 널려 있는 것을 싫어하는 사람이다. 온갖 것이 난잡하게 들어찬 곳에 가면 마음이 불안해지지만, 작법서만은 유일한 예외다. 자칭 작법서 수집가라고도 할 수 있을 정도다(그렇다고 책 더미 아래 미라가 되어버린 고양이 사체 같은 것은 없다).

『빠져들 수밖에 없는 캐릭터』를 쓸 때 나의 목표는 작가가 자신의 작품과 캐릭터에 대해 고심해볼 수 있도록 돕고, 창의력에 불을 지필 만한 유용한 정보를 한데 묶는 것이었다. 이 책은 처음부터 순서대로 읽어나가도록 구성했지만, 구미가 당기는 부분부터 먼저 읽거나 창작욕을 자극하는 주제를 따라 마음 가는 대로 읽어도 괜찮다. 다만 전반적으로 책의 내용이 앞에 나온 내용들을 기반으로 구성되어 있다는 사실은 염두에 두기를 바란다.

모든 장에는 본문에 이어 직접 따라해볼 수 있는 '내 차례'라는 질문 목록이 실려 있다. '내 차례'의 목표는 작가가 자신이 창작할 이야기와 캐릭터에 대해 좀 더 구체적으로 생각해보게끔 유도하는 것이다. 어떤 질문은 바로 종이에 펜을 놀리거나 키보드를 두드리게 만들 수도 있겠지만, 어떤 질문은 아무런 감흥이 느껴지지 않을 수도 있다.

그래도 괜찮다! 착상이 떠오를 만한 시작점을 가능한 한 많이 마련해두었으니, 쭉 읽어가며 흥미를 끄는 시작점을 발견한다면 자유롭게 활용해보기를 바란다. 또한 어떤 작품을 쓰는지에 따라서 특정 질문은 더욱 큰 효과를 발휘할 수 있다는 것도 기억해두자.

마지막으로 이 책이 여러분의 상상력을 자극해 지금 쓰고 있는 이야기에 딱 맞는 캐릭터를 구상하고, 더욱 탄탄한 스토리를 엮어나가는 데 도움이 되기를 바란다. 좋은 이야기를 쓰기 위해 고민하는 작가들의 곁에서 누구보다 든든한 동반자로 함께할 수 있다면 좋겠다.

이 책을 가장 잘 활용하는 법

1부

인물 창작을 위한
심리학

1장

상담가에게 배우는
인물 창작법

나는 현실 감각이 극히 뛰어난 부모님 밑에서 성장했다. 부모님은 작가가 되겠다는 내 꿈을 응원하는 한편, 독립하여 스스로 살아갈 수 있는 방도를 마련해야 한다는 현명한 조언을 해주었다. 나도 스스로 의식주를 제대로 책임지며 살고 싶었기에 부모님의 생각에 동의했고, 내가 가진 능력을 검토한 결과 나라는 사람이 질문이 생기거나 문제가 생길 때마다 지인들이 항상 찾는 부류의 사람이라는 사실을 깨달았다.

그런 고민 끝에 상담가가 되면 어떨까 하는 생각이 들었다. 내가 평소에 사람을 좋아하기도 하고, 남을 돕는 기회를 즐기는 사람인 것 같다는 생각이 들었기 때문이다. 그렇게 진로를 선택한 나는 재활 상담 분야에서 석사 학위를 땄고, 크게 다쳤거나 심각한 질환에 시달리는 사람들을 돕는 상담가로 일했다. 상담가로 일하는 동안 인간 행동을 연구할 다양한 기회를 접한 끝에 나는 상담가로서의 경험에서 생동감 있는 인물을 창작하기 위해 필요한 많은 것을 배울 수 있었다.

　인간에 대한 이해를 바탕으로 탄생한 인물들은 갈등과 위기에 현실적으로 반응하며, 작품을 한층 깊이 있고 풍부하게 만들어준다. 이 책에서 소개하는 이야기 속 캐릭터 창작에 대한 생각들은 어쩌면 인간을 이해하기 위한 단기 집중 수업이라고도 할 수 있을 것이다.

평가하지 않기

상담가는 마음을 열고 공감하는 자세로 사람을 대하도록 훈련받는다. 그렇다고 개개인이 껴안고 있는 고민들에 개인적인 의견을 전혀 품지 않는다는 것은 아니고, 치우치지 않은 접근 방식으로 내담자들을 대한다는 뜻이다. 당연한 말이지만 상담의 목표는 내담자를 평가하는 것이 아니라 돕는 것이기 때문이다.

> ### 작가를 위한 팁
>
> 사람들은 어떤 상황에서든 자신이 가진 모든 지식과 능력을 동원하여 할 수 있는 한 최선의 선택을 한다는 사실을 명심하자. 그것이 모두 좋은 선택은 아니겠지만(어떤 사람들은 정말 미심쩍은 결정을 내리기도 한다), 적어도 주어진 상황에서 그들이 할 수 있는 최선을 다한다는 뜻이다. 독자가 작품 속 인물

과 유대감을 느끼게 만들고 싶다면, 우선 작가가 먼저 인물의 행동에 공감하고 그 행동을 이해해야 한다.

작가는 인물 곁의 소중한 사람들을 죽이거나, 사업을 망하게 만들거나, 살고 있는 행성에 소행성을 충돌시키는 식으로 작품 속 인물들에게 압박을 가할 것이다. 압박감을 느끼는 상황에서 항상 최선의 방식으로 행동하기는 어렵다. 작가가 창작해낸 인물이 어떤 사람인지 핵심을 파악하고 있어야 각기 다른 상황에서 어떤 식으로 행동할지를 한층 쉽게 예상할 수 있고, 이야기가 진행됨에 따라 인물이 어떤 목표와 동기로 움직이는지 독자를 이해시킬 수 있다.

악당들도 나름의 목표와 동기를 가지고 있다. 대부분 악당은 자신이 악당이라는 사실을 모르며, 그들의 머릿속에서는 그들이 주인공이다. 악당에 대해 쓸 때는 그들이 그저 악하기 때문에, 혹은 단순히 플롯에 필요하다는 이유로 나쁜 짓을 벌인다는 손쉬운 해답에 안주하지 않도록 주의하자. 소시오패스도 나름대로의 행동 기준을 가지고 있다. 소시오패스가 다른 사람에게 공감하지 못하는 것은 뇌의 문제 때문이다. 하지만 아무리 소시오패스라도 단지 사악해지겠다는 목적만으로 나쁜 짓을 벌이는 것은 아니라는 것을 알아두자.

입 밖에 나오는 말에
귀 기울이기

상담은 근본적으로 듣기의 기술이라 할 수 있다. 하지만 대부분은 보통 다른 사람과 대화할 때 상대가 하던 말을 끝내기도 전에 어떻게 대답해야 할지를 이미 생각하고 있다. 훌륭한 충고랍시고 참견하거나 상대가 할 말을 대신 채우는 일은 아주 흔하다. 상담에서는 이 본능적인 성향에 고삐를 채우고 침묵을 허용한다. 실제로 상담 교육에서 처음으로 배우는 것 중 하나는 매번 꼬박꼬박 대답하지 않는 법이다. 침묵을 지켜야 상대방이 계속해서 이야기를 이어나가기 마련이다. 상담이란 상대방이 자신을 표현하기 위해 선택하는 단어와 말하는 내용에 진심을 다해 귀를 기울이는 것이다.

작가를 위한 팁

그렇다고 인물이 무턱대고 아무 말이나 쏟아내서는 안 된다. 무엇을 말하고 싶어 하는지, 자신을 표현하기 위해 어떤 단어를 선택할지를 고심하자. 인물이 선택하는 단어는 인물의 교육 수준(소요하다 vs 걷다, 페리윙클 블루 vs 파랑)은 물론, 지금 느끼는 감정(귀찮은지 화가 났는지)에 따라 달라지기 마련이다.

작가가 반드시 알아야 하는 한 가시가 있다면, 그건 바로 어떤 단어를 선택하는지가 중요하다는 사실이다. 인물이 어떤 단어를 선택하는지, 대화를 하는 상황이 대화에 어떤 영향을 미치는지 깊이 고민하자. 예를 들어 소중한 상대에게 거짓말을 해야 한다면 인물은 어떤 방식으로 말할까? 상대방은 인물의 말이 어딘가 이상하다는 사실을 눈치챌까?

입 밖에 나오지 않은 말에 귀 기울이기

상담가는 내담자가 말하는 내용에 귀를 기울일 뿐만 아니라, 말하지 않는 것도 눈여겨 살핀다. 우리는 사람들이 모두 자신의 동기와 신념을 제대로 파악하고 있을 것이라 생각하지만 실제로는 대다수가 그렇지 못하다.

내담자 중에는 자신이 어떤 감정을 느끼는지, 그 감정을 어떻게 표현해야 하는지 모르는 사람도 있다. 예를 들어 어머니와의 관계에 대해 말해달라고 하면, "제 어머니는 정말 강한 여성이에요. 사회의 기둥 같은 존재죠"라고 대답하는 식이다.

실은 이런 대답은 질문에 답을 한 것이 아니다. 나는 상담가로서 이런 대답에 촉각을 곤두세우곤 했는데, 보통은 내담자와 어머니 사이의 관계에 본인도 아직 깨닫지 못했거나 깊게 파고들 마음의 준비가 되지 않은 어떠한 이유가 있는 경우가 많기 때문이다.

상담가들은 언외의 행동을 읽는 기술에 능숙하다. 내담자는 이야기를 하며 몸을 앞으로 내밀까, 뒤로 뺄까? 가슴 앞에

팔짱을 낄까? 이를 악물거나 손톱을 물어뜯을까? 상담가는 내담자의 내면에서 벌어지는 일들이 어떻게 행동으로 나타나는지 관찰하며, 내담자의 말을 듣고 예상되는 바와 내담자의 행동이 일치하는지, 혹은 상반되는지 확인하려 한다.

예를 들어 어떤 내담자가 새로운 일을 시작하게 되어 정말 설렌다고 말하면서도 옥수수를 물어뜯듯 손톱을 잘근잘근 씹는다면 무언가가 숨겨져 있다는 사실을 감지하게 된다. 그 무언가가 정확히 무엇을 의미하는지 이해하기 위해서는 좀 더 깊이 파고들어봐야 하겠지만, 어떤 신호라는 것은 확실히 알 수 있다.

어쩌면 자신의 뜻이 아니라 배우자의 바람에 따라 그 분야에서 일하기 시작한 것일 수도 있고, 제대로 해낼 준비가 되지 않아 불안한 기분이 들어서일 수도 있다. 그도 아니라면 진정하고 싶은 일이 사회적으로 용납될 수 없는 종류의 직업이라 속을 끓이고 있을지도 모른다(이를테면 글을 쓰는 직업처럼 말이다. 작가가 되면 하루 종일 상상 속의 친구들과 놀기만 할 때도 있으니…). 이처럼 상담가는 말과 속내가 다를 가능성을 깊게 파고든다.

작가를 위한 팁

영화 제작에서 '정면으로 코를 맞춘다'고 표현하는 대사가 있다. 이 말은 인물의 생각이나 느낌을 있는 그대로 표현하는 대사를 뜻하는데, 이런 대사는 관객에게는 이색하게 들리기 십상이다. 지나치게 솔직해서 도리어 이색한 것이다. 대부분은 대화를 할 때 그리 솔직하게 굴지 않기 때문이다. 그리고 각본가들은 사람들이 자기 생각이나 기분을 입 밖에 내지 않을 때가 많다는 사실을 잘 이해하고 있다.

작가가 인물이 생각하고 느끼는 바를 지나칠 정도로 솔직하게 드러내고 있지는 않은가? 하지만 독자는 스스로 스토리텔링의 일부가 되는 것을 즐긴다. 작가가 실마리를 빵 부스러기처럼 여기저기 슬쩍 흘려 놓는다면, 독자는 작가와 함께 복잡한 이야기의 가닥을 하나하나 풀어나갈 것이다. 예를 들어 원고에 이런 문장을 넣는다고 해보자.

"안 될 이유도 없지요. 존. 오늘 밤 당신하고 만나는 것보다 더 좋은 일이 어디 있겠어요." 켈리는 손가락의 반지들을 비틀며 말했다.

독자의 입장에서 반지를 비트는 행위는 무언가를 말해주는 단서처럼 느껴진다. 켈리가 존과 데이트하는 것을 그리 반기지 않는 건 아닐까 하는 의심이 고개를 든다. 혹은 걱정되는 일이 있거나, 존에게 숨기는 비밀이 있을지도 모른다. 이런 식으로 의문을 불러일으키고 독자의 호기심을 북돋는 것이야말로 계속해서 책장을 넘기게 만드는 힘이다! 인물이 입 밖에 내는 말만큼 입 밖에 내지 않는 말들과 몸짓언어에도 관심을 기울이자.

호기심 품기

기본적으로 상담가는 다른 사람에게, 그 행동과 고민, 고민의 해결 방법에 대해 호기심을 품고 있다. 사람들은 어떤 동기로 움직일까? 알코올 중독인 부모부터 트라우마를 극복하는 문제에 이르기까지, 문제와 마주했을 때 사람들은 각자 어떤 방식으로 대처할까? 이런 의문에 점점 더 많은 답들이 밝혀지고 있다. 상담가는 계속해서 새로이 배워나가야 하는 직업이며, 이 분야의 지식은 기존 연구에 더해 계속해서 새로운 연구 결과를 쌓아 올리고 있다. 각기 다른 상황에서, 다른 배경의 사람들이 어떻게, 왜 그런 식으로 행동하는가에 대한 지식은 지금도 계속 축적되는 중이다.

작가를 위한 팁

깊이 있고 현실감 있는 인물을 만들기 위해 도서관이나 서점에서 그저 작법서만 들여다보고 있다면, 커다란 구역을 놓치고 있는 셈이다. 자기계발 분야는 인물의 세부 사항을 창작하는 데 도움이 되는 귀중한 자원의 보고다. 과거의 중독 문제나 외상 후 스트레스 장애, 애정 과잉과 애정 결핍, 까다로운 자녀를 양육하는 어려움 등 인물이 어떤 문제로 고민 중이든 간에 그 문제를 상세하게 다루는 책이 적어도 한 권은 나와 있을 것이다. 이런 문제를 다룬 자기계발서는 상상력에 불을 붙일 만한 사례연구와 실제 사례를 수록하고 있다. 또 이런 책은 어떤 문제를 마주했든, 그 문제를 해결할 수 있는 다양한 방법을 제안한다.

자기계발서에 소개된 해결책이나 과제를 참고하여 인물이 어떻게 변화를 겪어나갈지 이정표를 마련할 수도 있다. 가령 중독에서 빠져나오기 위해 애를 쓰고 있는 인물을 창작한다면 어떤 식으로 회복할 계기가 생기는지, 그 과정에 어떤 함정과 어려움이 도사리고 있는지, 중독에서 빠져나오는 일이 인간관계에 어떤 영향을 미치는지, 재발에 대처하는 방법은 무엇인지를 이야기하는 책들을 쉽게 찾아볼 수 있을 것이다.

사람이
변할 수 있다는 믿음

상담가는 낙관주의자다. 사람이 자기 인생을 변화시킬 수 있으며, 실제로 변화를 만들어낸다고 믿는다. 특히 변화하기 위해 노력하는 사람들은 변할 수 있다고 믿는다. 하지만 동시에 변화를 이루어내기가 어렵다는 사실 또한 잘 이해하고 있는 사람이 상담가다. 대다수는 변하지 않는다. 현재의 방식에 안주하는 편이 훨씬 더 쉽기 때문이다.

이 말이 믿어지지 않는다면 얼마나 많은 사람이 건강한 음식을 먹으며, 건강한 삶을 살고 싶은 욕망을 표현하는지 살펴보면 된다. 이들이 성공하지 못하는 이유는 정보가 부족해서가 아니다. 목표를 달성하려면 무엇을 해야 하는지에 대해서는 다들 누구보다 잘 알고 있다.

그렇다면 사람들은 왜 목표를 이루기 위해 1만 보씩 걷지 않고 양배추를 먹지 않는 걸까? 왜냐하면 운동하러 가는 것보다 늦잠을 자는 편이 훨씬 쉽기 때문이다. 나만 해도 양배추로 세상에서 최고로 맛있는 음식을 만들었다고 한들 구미가 당기지 않는다. 잘 만든다면 양배추보다 쿠키가 더 맛있으니 말이다. 자신을 변화시키고 그 변화를 지속시키는 것은 참으로 어려운 일이다.

작가를 위한 팁

우리 소설 속 인물은 책이 진행되는 동안 이야기 안에서 어떤 목표를 달성하거나 욕망을 충족하기 위해 변화해야 할 가능성이 높다. 팀의 일원으로 활동하는 법을 배워야 할 수도 있고, 타인이나 스스로를 신뢰하는 법을 배워야 할지도 모른다.

이때 작가는 인물의 변화 과정을 충분히 어렵게 만들고 있을까? 인물은 변화하기 위해 노력하다 실패를 겪을까? 사람이 어떻게 변화하는지에 대해서는 이 책의 '변화하는 인물이 거쳐야 할 단계' 장에서 더 자세히 논의하도록 하겠다.

이 책에서는 인물의 배경 이야기가 현재의 성격과 변화 방식에 어떤 영향을 미치는지에 초점을 맞춰 살펴보면서, 인물이 어떤 과정을 통해 지금의 모습이 되었는지, 과거의 경험이 어떤 흔적을 남겼는지 이해하는 법을 배울 것이다. 배경 이야기를 이해하면 인물이 특정 선택을 하는 이유와 약한 모습을 보이는 지점을 한층 잘 파악하게 될 것이다.

　이 지식으로 무장한 작가는 책장 위에서 살아 움직이는 것처럼 느껴지는 인물을 창작할 수 있다. 독자는 그 인물을 사랑할 수도 있고 증오할 수도 있다. 하지만 어느 쪽이든 인물의 존재를 믿고, 다음 행동을 보고 싶은 마음에 계속해서 책장을 넘기게 될 것이다.

✦ 아래는 인간과 인간 행동에 대한 일련의 진술 목록이다. 각각을 읽고 우선 작가의 입장에서 '그렇다' '아니다'로 표시해보자. 이 문제들에 정답은 없지만, 답하다 보면 자신이 이 세계와 그 안에서 사람이 살아가는 방식을 어떻게 생각하는지 어느 정도 알 수 있다. 작가 입장에서 답해본 다음에는 작품 속 인물의 입장이 되어 답을 해보자.

1. 사람들은 대다수가 선하다.
2. 이 세계는 무작위적이며 팔자나 운명 같은 것은 존재하지 않는다. 이 세계에서의 일은 그저 일어날 뿐이다.
3. 인생에서 성실한 노력은 반드시 필요하다.
4. 미래가 불안하고 걱정된다.

5. 상식적인 사람은 그리 흔하지 않다.
6. 나는 좋은 점도 있고 나쁜 점도 있지만, 전체적으로 볼 때 특별하고 고유한 존재이며 세상에 무언가 기여할 힘이 있는 사람이다.
7. 사람이 친절을 베푸는 것은 원하는 게 있기 때문이다.
8. 사람은 변할 수 있으며 실제로 변한다.
9. 다른 사람이 나를 어떻게 생각하는지가 아주 중요하다.
10. 성공적으로 삶을 영위하는 방법은 계획을 수립하고 선택지들을 저울질한 다음, 방향을 선택하는 것이다.
11. 나는 어떤 일이든 대부분 최선의 결과로 끝난다고 믿는다.
12. 사람들은 기회만 있으면 나를 이용하려 든다.
13. 삶에는 일종의 '목적'이 존재한다. 종교, 우주, 위대한 영적 존재 등 우리를 보살펴주는 영적 에너지의 원천이 있다고 생각한다.
14. 모든 일이 벌어지는 데는 나름의 이유가 있다. 힘든 시기에도 배울 만한 무언가가 있다.

15. 나에게는 나 자신이 가장 중요하다.

16. 어떤 사람은 단지 그런 사람일 뿐이다. 절대 변하지 않을 가능성
    이 크다.

17. 인생은 지금 이 순간을 누리며 살아야 하고, 기회에 즉각 반응해
    야 한다. 모든 것을 미리 계획해두려는 사람은 기회를 놓치는 셈
    이다.

18. 나에게 가장 중요한 우선순위는 가족과 친구다.

19. 다른 사람들이 나를 어떻게 생각하는지 신경 쓰지 않는다. 지금
    내가 하는 일을 스스로 인정하는지가 훨씬 더 중요하다.

20. 신, 영적인 힘, 우리를 보살피는 우주 같은 것은 존재하지 않는다.
    오직 지금 살고 있는 세계만이 존재하며, 중요한 것은 이 세계에
    서 내가 하는 행동뿐이다.

21. 스스로가 운이 좋다거나, 재능이 있다거나, 특별하다고 생각하지
    않는다.

2장

인물의 욕구와 동기
이해하기

인간이 어디서 왔는지를 이해하기 위한 가장 좋은 출발점은 매슬로의 욕구 위계다. 그 이론이라면 수백 번도 넘게 들어봤다며 투덜거리는 소리가 여기까지 들리는 것 같다. 심리학 수업을 들어본 사람이라면 이 개념이 낯설지 않을 것이다.

하지만 부디 조금만 참아주길 바란다. 특히 작가라면 이이론은 다시 한번 제대로 살펴볼 가치가 충분하다. 인간을 움직이게 하는 욕구를 다루는 매슬로의 욕구 위계 이론은 하단에 가장 기본적인 욕구가 위치하고, 위쪽으로 올라갈수록 상위 욕구가 위치한 피라미드 모형으로 잘 알려져 있다.

이 이론은 인간은 여러 가지 욕구를 충족하기 위해 행동하며, 그중 어떤 욕구는 다른 욕구에 우선한다는 개념에서 시작했다. 기본적 욕구가 우선적으로 충족되어야 그다음 단계의 욕구를 추구한다는 것이다. 한층 진화한 인간이 되려는 희망을

자아실현
모든 잠재력 발휘

자아실현 욕구

존중 욕구
성취감

애정과 소속감
친구 같은 친밀한 인간관계 맺기

심리 욕구

안전 욕구
안전 확보

생리적 욕구
음식, 물, 휴식 확보

기본 욕구

품고 거대한 피라미드를 한걸음씩 기어오르는 모습을 상상해
도 좋다.

심리학자들은 욕구 위계가 일직선으로 이어진 길이 아니
라는 점을 강조한다. 실제로 우리는 각기 다른 욕구 단계를 이
리저리 옮겨 다닌다. 인생에서 많은 것이 그러하듯, 어떤 욕구
가 우선인지는 개인의 성향이나 처한 상황에 따라 달라질 수
있다. 그러므로 피라미드를 한걸음씩 기어오른다기보다는 한
걸음 올라갔다 다시 한걸음 물러서고, 그다음 옆으로 갔다가
다시 한걸음 뒤로 물러서는 식에 가까울 것이다. 깔끔한 직선
을 따라 한 단계씩 진화할 수 있다면 좋겠지만, 대다수에게 그

과정은 그리 간단하지 않다.

매슬로의 욕구 위계에서는 한 번에 한 가지 욕구만 추구한다고 묘사하지만, 실제로는 한 번에 한 가지 이상의 욕구에 따라 움직이기도 한다는 것을 염두에 두자. 물론 주력을 기울이는 욕구가 있을 테지만 다른 욕구 단계에 발을 걸치고 있을 수도 있다. 자, 이제부터 이 다섯 단계의 욕구를 가장 하단부터 하나하나 자세히 살펴보도록 하자.

생리적 욕구

생명을 유지하려면 필요한 것들이 있다. 공기와 음식, 집, 옷 같은 것들이다. 이 기본 욕구를 충족하지 못하면 생명이 위험해지기도 하므로, 사람은 생리적 욕구를 충족하기 위해 물불을 가리지 않기도 한다.

인명구조요원은 구조 훈련을 받을 때, 물에 빠진 사람이 몸을 타고 올라와 요원을 물 아래로 밀어 넣으며 자기 혼자 머리를 내밀고 숨을 쉬려 할 것이라는 경고를 듣는다. 이런 행동을 하는 것은 구조 요원의 도움을 고맙게 생각하지 않아서가 아니다. 위기 상황에서 인간은 생존본능이 발동하며, 필요한 것을 얻는 데 방해가 되는 사람이라면 누구든 밀쳐버리기 때문이다. 이 상황에 필요한 것은 바로 산소다.

인물의 생존 욕구를 위협한다면 독자의 관심을 사로잡을 수 있다. 말 그대로 목숨이 경각에 달린 상황이기 때문이다. 작품 속 인물을 목숨이 오가는 상황에 놓이게 만들었다고 해보자. 예를 들자면 비행기가 불시착한 탓에 문명과 몇십 킬로미터나 떨어진 캐나다 유콘주의 외딴곳에 홀로 남겨진 것이다. 바람이 세차게 불고 몸에 걸친 것은 찢어진 옷뿐이며, 팔은 부러진 데다 먹을 것이라고는 땅콩 한 봉지밖에 남아 있지 않은 상황이다. 게다가 근처에는 먹이를 찾는 곰 무리가 냄새를 맡으며 돌아다니고 있다. 이런 상황이라면 인물은 우선 생존에 주력해야 할 것이다.

예전에 읽었던 어떤 원고에서는 주인공이 총에 맞았는데, 바로 다음 장면에서 주인공의 시점에서 깨진 유리창의 파편들이 쏟아져 내리는 모습이 얼마나 장관인지, 그 조각들이 빛을 받아 어떻게 수백 개의 작은 무지개를 만들어내는지 아름다운 묘사를 이어갔다.

하지만… 이렇게 쓰면 안 된다. 뛰어난 묘사에 뛰어난 표현이지만 시기가 적절하지 않다. 총에 맞았거나 곰에게 쫓기고 있다면 인물의 머릿속에는 이 상황에서 어떻게 살아남을 수 있을지에 대한 생각으로 가득할 것이다. 그런 순간에 유리 조각이 만들어낸 무지개를 생각한다면 이때부터 독자는 아마 역으로 인물이 위험에 빠지기를 기대할 가능성이 크다.

안전 욕구

사람은 일단 지금 당장 죽지 않으리라는 사실을 확신하면, 그
다음엔 안전을 확보하는 것으로 관심을 옮긴다. 안전 욕구에도
여전히 삶과 죽음을 좌우하는 요소들이 들어 있지만 아무래도
생존 욕구만큼 급박하지는 않다. 안전 욕구에는 악천후 피하
기, 자기방어, 치안, 안정성, 두려워하지 않고 살 수 있는 기본
적 자유 등이 포함된다.

작가를 위한 팁

어떤 종류의 소설에서든 안전 욕구가 위협받는 상황은 흔하
게 찾아볼 수 있다. 생존 욕구처럼 목전에 위험이 닥친 상황은
아니라 해도 언제든 위험이 닥칠 가능성이 있는 경우다. 인물
이 연쇄살인마의 뒤를 쫓고 있거나, 우주의 난민 수용소에 살
고 있거나, 체제를 전복시키는 일에 가담하고 있다면 아마 안
전 욕구를 충족하는 데 어려움을 겪고 있을 것이다.

사람은 습관의 동물이라 어떤 일이 일어날지 예상할 수 있
기를 바란다. 다음에 무슨 일이 닥칠지 알지 못할 때 우리는
불안해하고, 안전하지 못하다고 느낀다. 미안하게도 작가는
이야기 안에서 인물의 인생을 완전히 뒤집어놓을 때가 많은
데, 실제로 목숨이 오가는 상황은 아닐지라도 인물에게는 마
치 그런 것처럼 느껴질 수 있다. 이때 인물 입장에서 안전하다
고 느끼려면 무엇이 필요한지 생각해보자.

2장 인물의 욕구와 동기 이해하기

애정과 소속감

앞의 두 욕구가 충족되고 나면 주위를 둘러싼 사람들과 교류하고 싶은 욕구로 눈을 돌리게 된다. 낭만적인 사랑 뿐만이 아니다. 이 욕구를 통해 우리는 인생에서 우정과 신뢰를 쌓고 감정을 소통할 수 있는 상대를 만날 기회를 만든다. 사람이라면 누구나 무리에 소속되고 싶어 한다. "드디어 내가 있을 곳을 찾았어"라는 말을 들어본 적 있지 않은가? 바로 이 욕구를 충족한 것이다.

학회나 파티처럼 낯선 사람들이 가득한 장소에 가면 다들 함께 있을 만한 사람을 고르기 위해 주위를 두리번거린다. '휴우, 다행이다. 저기 해리 포터 티셔츠를 입은 사람이 있네. 해리 포터를 좋아할 게 분명하니 저 사람 옆에 가야겠다'라고 생각할 수도 있다. 반대로 똑같은 장소라 해도 다들 예의 바르게 옷을 차려 입고 있는데, 나만 편한 운동복을 입고 있다면 '여기는 내가 올 곳이 아니구나'라는 생각이 들 것이다.

작가를 위한 팁

소설에는 인물이 사랑과 소속감을 찾아 헤맨다는 주제에 기반을 둔 장르들이 있다. 이런 장르에서 주인공은 소속감을 느끼게 만들어주는 사람을 찾기 위해 최선을 다해 노력한다. 하지만 그렇다고 무조건 남에게 의지하는 사람이라는 뜻은 아니다. 그보다는 어떤 집단에 속하길 바라며 그 집단의 일원으로서 기여하고 싶을 뿐이다. 설령 그 집단에 특별한 한 사람 밖에 없다 해도 상관없다. 우리는 모두 사랑받기를 갈구한다.

자, 작가로서 스스로에게 질문을 던져보자. 인물이 소속감을 느낄 만한 곳은 어디일까? 안도감과 환영을 느낄 만한 신호나 실마리는 무엇일까? 물 밖에 나온 물고기 같은 기분을 느끼게 만드는 요소는 무엇일까? 여기가 있을 곳이 아니라는 사실을 어떻게 알게 될까?

존중 욕구

매슬로는 존중 욕구 단계를 두 가지 하위 범주로 나누었다. 첫 번째는 스스로에 대한 존중의 욕구로, 여기에는 인간의 존엄, 성취감, 우월감, 자립심이 포함된다. 자존감도 있다. 내가 할 수 있는 일에 대해 긍정적으로 생각하되 좀 더 노력해야 하는 부분이 있다는 사실을 인지하는 한편, 전반적으로는 자신을 잘 살아가고 있는 자립적인 존재라고 생각하는 것이다.

두 번째 하위 범주는 외부에 초점이 맞추어진 욕구로, 자신이 제대로 된 사람이라는 사실을 주위 사람들이 알아주길 바라는 욕구다. 좋은 평판을 얻고 존중받고 싶은 욕구도 여기 포함된다. 젊은 사람들은 자신이 스스로를 어떻게 평가하는지보다 주위 사람들에게 좋은 평판을 듣고 존중받는 일에 한층 신경을 쓰는 경향이 있다. 단지 다른 친구들도 다 한다는 이유로, 친구들 사이에서 멋져 보이고 싶은 마음에 또래 압력에 굴복하여 우스꽝스러운 머리 모양을 한 적이 있다면, 바로 이런 욕구가 표출된 사례라고 볼 수 있다.

작가를 위한 팁

작가는 인물이 자신의 어떤 점을 긍정적으로 생각하는지 알고 있어야 한다. 이야기 속에서 인물이 성취해야 하는 이정표가 있을까? 아이를 갖는 일부터 독립을 위해 직장에 취직하는 일까지, 어느 것이든 이정표가 될 수 있다. 이 이정표를 달성한다는 건 어딘가에 도달했다는 사실, 스스로에게 내건 기대치를 충족했다는 사실을 자신에게 증명하는 뚜렷한 증거가 되기도 한다. 과연 내 작품 속 인물은 자신의 어떤 점을 좋아할까?

또 인물은 주위의 평판을 얼마나 중요시할까? 인물이 생각하는 자신의 평판과 주위 사람들의 실제 평가가 얼마나 다른지 비교하는 것도 흥미롭다. 인물은 자기가 그런 평판을 들을 만하다고, 그 내용이 정확하다고 생각할까? 예를 들어 정말 크게 성공했다는 평판을 들어도 정작 본인은 그 성공이 모두 기만이며 자신이 제대로 된 인간이 아니라는 사실을 주위에서 알게 되는 게 시간문제라 생각할지도 모른다(이것이 바로 그 무서운 가면증후군이다). 반대로 헤프다는 평판을 듣고 있지만, 본인은 그 평판이 거짓과 편견(고리타분한 사고방식이나 여성 혐오)에 기반을 두고 있다는 사실을 잘 인지하고 있는 인물을 창작해낼 수도 있다.

자아실현

마침내 피라미드의 꼭대기에 도달했다. 일단 앞의 모든 욕구를 충족시켰다면 가장 어려울 수도 있는 욕구에 도전할 준비를 마친 셈이다. 자아실현 욕구에는 개인이 품은 잠재력의 발현, 자아실현감, 매슬로의 묘사와 같이 "개인의 능력 안에서 될 수 있는 모든 것이 되는" 욕구의 충족이 포함된다. 다시 말해 어떤 압박이나 다른 조건 없이, 그저 자기가 될 수 있는 존재가 되는 일이다.

50대에 가까워진 사람들이 스스로 어려운 질문을 던지는 데에는 다 이유가 있다. 일반적으로 인생의 이 시기에 들어선 사람들은 기본 욕구 중 대부분을 충족한 상태다. 집을 가지고 있고, 친밀한 인간관계를 누리며, 직업적으로도 성공을 거둔 경우가 많다. "이게 다일까?" 이들은 달리 무엇을 더 할 수 있을지 고민을 시작한다. 전성기에 이른 중년의 위기를 알리는 신호다. 인생의 이 시기에 다다른 사람은 시간이 무한하지 않다는 사실을 깨닫고 요가 수업을 들어야 할지, 여행을 더 많이 다녀야 할지, 구상만 하던 소설을 실제로 써야 할지 고민하기 시작한다.

작가를 위한 팁

자아실현 욕구는 이야기의 장르나 성격에 따라 달라진다. 멋진 액션 장면과 속도가 빠른 플롯에 적합한 피라미드 하단부의 생존 욕구와 달리, 자아실현 욕구를 다루는 이야기는 좀 더 인물 중심적이고 내면적이기 쉽다. 이런 이야기에서는 어떤 것이 폭발하지도, 불이 붙지도, 총 소리가 나지도 않는다. 자아실현 욕구를 다루는 이야기는 인물 자신이 진정으로 어떤 사람이 되고 싶은지 이해하는 과정을 그리기 때문이다.

✦ 신체적 위험에 처해 있는 인물에게 가장 긴급한 안전 욕구는 무엇
인가? 살아남고자 하는 절박한 욕구를 어떻게 보여줄 수 있을지
생각해보자.

_____

_____

_____

✦ 목숨이 오가는 상황에 놓여 있을 때, 인물은 과연 어떤 행동까지
하게 될 것인가?

39

_____

_____

_____

✦ 목숨이 오갈 정도의 심각한 갈등이 아니라도 인물은 다르게 받아
들일 수 있다. 인물은 이 상황을 자신이 이겨내지 못한다면 무엇
을 잃게 될 것이라 생각하는가?

_____

_____

_____

✦ 인물의 삶에서 인간관계가 결여되어 있거나 문제가 있는가?

_____

_____

_____

✦ 인물이 사랑을 주제로 일기를 쓰게 만들어보자. 인물에게 사랑은 어떤 의미인가? 인물은 사랑을 받고 있다고 느끼는가?

_____

_____

_____

_____

✦ 인물이 스스로를 긍정적으로 생각하게 만드는 것은 무엇인가?

_____

_____

_____

_____

✦ 인물은 자신에 대한 평판을 마음에 들어 하는가? 듣고 싶은 평판이 있다면 어떤 것인가?

_____

_____

_____

✦ 기본 욕구가 모두 충족되었을 때, 인물이 자아를 최대한으로 실현하기 위해 필요한 것은 무엇인가?

_____

_____

_____

✦ 인물 중 한 사람의 시점으로 자신이 품은 가장 큰 꿈을 이야기하는 일기를 써보자. 무엇이든 할 수 있고 무엇이든 될 수 있다면, 그 인물은 어떤 사람이 되려 할 것인가?

_____

_____

_____

2부

배경 이야기의
기본 요소

3장

내담자의 과거를 알아내듯

상담가는 내담자와 처음 만나는 자리에서 일종의 임상 면담을 한다. 이 임상 면담에서 상담가는 상담 시작 전, 여러 영역에서 내담자의 개인사 가운데 핵심적인 내용을 수집한다. 이를 소설 용어로는 '배경 이야기backstory'라 부른다('인물 배경'이라고도 한다. 소설이 시작되기 전에 일어난 모든 일에 대한 정보다 ─ 옮긴이).

그 사람이 어디서 왔고 어떤 경험을 했는지, 가장 중요하게는 그 경험을 어떻게 받아들이는지 알아야, 상담가는 내담자가 앞으로 나아갈 수 있도록 도울 방법을 찾을 수 있다. 내가 어떤 사람인지, 어떤 식으로 성격이 형성되었는지는 그간 어떤 일을 겪어왔는지에 영향을 받기 마련이다. 지그문트 프로이트Sigmund Freud와 버러스 프레더릭 스키너Burrhus F. Skinner 같은 학자가 주장한 이론은 어린 시절 경험이 현재 어른의 모습에 얼마나 영향을 미치는지에 상당 부분 기반을 두고 있다.

본성이냐 양육이냐 하는 논쟁은 인간 행동을 처음 연구한 이래로 계속 이어져오고 있다. 앞으로도 어느 정도는 의견 차이가 있을 테지만, 그래도 대다수는 성격의 일부가 우리 안에 정해진 채 태어난다는 사실에 동의한다. 하지만 개개인이 이 세계를 탐색하고, 도전에 대응하는 방식은 상당 부분 양육에 기반을 두고 있을 가능성이 높다. 그리고 이 방식은 오랜 시간에 걸쳐 만들어지고, 발달하고, 강화되는 일련의 행동 양식과 대응 전략에 따라 달라진다.

이 세계를 이해하기 위한 하나의 방편으로 사람들은 자신의 이야기를 지어내 스스로에게 들려준다. 우리 모두는 자신의 신화를 가지고 있으며, 이 신화에 대한 도전을 쉽게 받아들이지 못한다. 인간은 자기 안에 이미 존재하는 신화를 뒷받침하는 정보만을 눈여겨보고 관심을 기울이며, 이에 들어맞지 않는 정보는 무시해버리는 경향이 있다.

예를 들어 데즈먼드라는 사람이 있다고 해보자. 데즈먼드는 보수적인 가정에서 성장해 오랫동안 군인으로 복무한 끝에 경찰이 되었고, 자신이 어느 정도 영웅이라고 생각한다. 그는 실제로 강하고 유능하며 사람들을 안전하게 지켜주는 존재다. 데즈먼드는 아내와 가족을 부양하는 능력이 남자다움을 정의하는 요소 중 하나라고 생각한다.

그러던 어느 날, 데즈먼드는 자동차 사고를 당해 다시 경찰로 복직할 수 없게 된다. 체육관에서 100킬로그램짜리 역기를 들던 그는 한순간에 아무것도 할 수 없는 남자가 된다. 사고 전에는 신참 경찰을 책임지는 교육 담당이자 동료에게 항상 존경받는 존재였지만, 이제는 장애로 휴직을 하는 처지다. 가정에서는 장애 수당으로는 생활비를 충당하기가 어려워 아내가 전업으로 일을 하게 되었고, 정원 일처럼 힘이 필요한 집안일을 데즈먼드가 더 이상 할 수 없기에 아들이 대신 나서 집안일을 맡게 된 상황이다.

데즈먼드는 자동차 사고에서 목숨을 건졌고 사고 전과 근본적으로 같은 사람이지만, 그 이후로 자신이 어떤 사람인지, 성공을 거둔다는 게 무엇인지에 대한 생각은 크게 바뀌었다. 데즈먼드 본인과 그의 가족은 모두 각자 인생에서 맞이한 새로운 역할을 탐색하는 동안 여러 어려움과 마주할 것이다.

이번에는 루나의 예를 살펴보자. 루나는 본인이 항상 창조적인 사람이라 생각해왔다. 그림을 그리고, 섬유 예술을 하고, 이제는 곧 책도 한 권 쓸 계획을 세우고 있다. 그러던 중 아이를 낳게 되었고, 이제는 아이를 돌보는 일에 모든 시간과 기력을 쏟아부어야 하는 상황이 되었다. 그림을 그리거나 글을 쓸 시간은커녕, 샤워도 며칠 만에 겨우 할 수 있는 처지다. 예전엔 사람들이 루나를 이름으로 불렀지만, 지금은 아기 엄마라고 부를 때가 훨씬 많다. 거울에 비친 자신의 모습을 보고 '와, 나 좀 매력적인데'라고 생각한 때도 있었지만, 지금은 모유가 새고, 눈밑이 거무칙칙하게 늘어지고, 크게 웃음을 터트릴 때마다 소변을 찔끔 지리는 처지다. 루나는 아이를 원했고 엄마가 된 것이 기쁘지만, 한편으로는 본인에 대해 다시 정의를 내려야만 한다.

내담자의 개인사를 조사하고 과거의 사건에 내담자가 어

떤 의미를 부여하는지 탐색하는 과정을 통해 상담가는 내담자의 관점으로 현재의 이 세계를 볼 수 있게 된다. 모든 사람이 나와 똑같은 관점으로 세계를 보지 않는다는 사실을 깨닫는 건 실로 눈이 번쩍 뜨이는 놀라운 경험이다. 내담자가 이 세상을 다른 관점으로 볼 수 있도록 돕기 위해서는 우선 내담자가 어떤 사건을 겪으며 지금의 존재가 되었는지를 확실히 파악해야 한다. 상담가가 내담자의 과거를 묻고 기록하는 이유다.

4장

작가의 비밀 무기,
인물의 개인사

48　　인물은 소설의 첫 쪽에서 나름의 개인사, 즉 배경 이야기를 짊어진 채 등장하기 마련이다. 과거 일련의 사건들을 겪은 인물은 그 여러 사건들과 자기 자신에 대해 어떤 감정을 품고 있을 것이다. 작가가 인물이 어떤 과정을 거쳐 지금과 같은 사람이 되었는지 이해하기 위해 시간과 수고를 들여야만 페이지 위에서 그 인물의 시점과 감정을 깊이 있게 보여줄 수 있다. 작가가 인물의 배경 이야기를 잘 파악하고 있다면, 그 내용을 이야기 속에 전부 풀어넣지는 않더라도 인물의 이야기를 한층 깊이 있게 풀어나갈 수 있을 것이며, 독자는 자연스레 그 인물을 진심으로 이해한다고 느낄 것이다. 그 인물을 좋아할지, 싫어할지는 독자의 자유지만, 적어도 그 인물을 제대로 이해할 수는 있을 것이다.

　　인물이 겪어온 개인사는 이야기 안에서 인물이 내리는 여러 결정에 영향을 미치기 마련이다. 한편 독자는 그 과거를 통해 인물을 움직이는 동기를 한층 잘 이해하게 된다. 인물이 왜 그토록 어리석은 결정을 내리는지, 힘겨운 상황에서도 포기하지 않고 노력하는지 같은 이유도 여기 포함된다. 그리고 작가 자신도 인물의 과거를 이해하고 있어야 인물이 갈림길과 마주했을 때 어떤 길을 택하게 되는지를 쉽게 판단 내릴 수 있다. 흐름상 어떤 인물에게 X라는 행동을 시켜야 하는 상황인데, 그 인물의 배경을 고려했을 때 Y라는 행동을 할 것이 자명하다면, 작가는 결단을 내려 배경 이야기를 수정하거나 행동을 수정하는 두 가지 대안 중 하나를 선택해야만 한다. 이런 과정을 거쳐 인물을 창작한다면 나중에 어딘가 내용이 잘 들어맞지 않는다는 느낌이 들 때, 이야기 전체를 근본부터 고쳐야 하는 상황을 피할 수 있다.

　기본적으로 소설을 쓴다는 것은 인물을 이례적인 상황에 던져 넣는 것을 의미한다. 작가는 상상 속 친구들을 친절하게 대하는 법이 없다. 소행성에서 시작해 고블린, 불행한 연애에 이르기까지 작가는 인물에게 온갖 고난을 던져준다. 인간 행동 연구에 따르면 인간은 압박받는 상황에 처할 때 자신의 핵을 이루는 신념으로 회귀하며, 약점을 공격당해 정신적으로 취약해질 때 본래의 자신으로 역행한다고 한다. 그러므로 작가가 어떤 인물의 핵을 이루는 신념을 이해하는 일은 극히 중요하다. 그래야만 작가가 가한 압박에 굴하여 인물이 자신의 세계에서 만들어낸 대응책의 껍질이 부서지는 순간, 그 인물이 정확히 어떤 방식으로 반응할지를 알 수 있기 때문이다.

지금까지 한 개인의 신념이 어떻게 그 자신의 행동과 결정에 영향을 미치는지 이야기해보았다. 하지만 사람은 섬이 아니기에 우리의 신념은 타인의 행동과 결정에 우리가 반응하는 방식에도 영향을 미친다. 나와 정반대의 신념을 지닌 사람과 만난다면 갈등이 피어나는 것이 당연하다. 그리고 사실 책장 위에서 갈등을 부추길 기회만큼 작가의 가슴을 두근거리게 만드는 것도 달리 없다.

예를 살펴보자. 즉흥적으로 행동하는 것이 인생을 재미있게 만든다고 믿는 한 사람이 있다. 그가 휴가를 맞이한다면 마음 가는 대로 자동차를 몰고 다니다가 끌리는 곳에서 차를 멈추고 탐험을 시작하고 싶을 것이다. 그런데 만약 여행 일정을 완벽하게 계획해둔 사람과 함께 여행을 떠난다면 어떨까? 언제, 어디서 차를 멈추고 화장실에 갈지가 정해져 있을 뿐만 아니라 여행길에 들를 관광지를 망라하여 정리한 종이까지 있다 (각 관광지마다 입장료가 있는지, 여는 시간과 닫는 시간이 언제인지에 대한 메모도 붙어 있다). 아주 힘겨운 여행이 될 것이다. 영화와 소설에는 서로 맞지 않은 짝을 주제로 하는 장르가 아예 따로 존재할 정도인데, 이 장르는 서로 다른 세계관을 가진 사람들이 어쩔 수 없이 함께해야 하는 상황을 다룬다.

각각의 인물은 저마다 다른 방식으로 자신이 속한 세계를 바라본다는 것을 잊지 말자. 인물의 세계관을 만드는 데 필요한 착상을 얻고 싶다면 1장에 소개된 문제들을 활용해봐도 좋다. 작품에 등장하는 두 인물이 똑같은 방식으로 세계를 보게 만들기보다는 극단적으로 다른 세계관을 가지고 있다 설정해보자.

예를 들어 이 세계가 냉혹하고, 무자비하며, 모든 사람이 나에게 해를 입히려 한다고 생각하는 사람이 있다고 해보자. 반대로 이 세계가 근본적으로 좋은 곳이며, 다른 사람이 분명 나를 돕기 위해 나설 것이라 믿는 사람이 있다고 해보자. 이 둘이 만나면 서로 충돌할 수밖에 없다.

이렇게도 생각해보자. 두 인물이 서로 같은 세계관을 공유하고 있다가(이 세계는 냉혹하고 무자비한 곳이라는 세계관이다) 한 인물이 자신의 생각을 바꾸기 시작한다면 어떨까? 나머지 인물은 상대의 변화를 보며 압박을 받을 것이고, 이 변화는 두 사람이 서로 어울리며 교류하는 방식에 영향을 미치게 된다.

여기서 명심해야 할 핵심은 인물들이 항상 올바른 통찰력을 발휘하지는 않는다는 것이다. 현실에서도 내가 어떤 행동을 하는 이유를 정확히 알지 못하는 경우가 흔하지 않은가. 많은 행동이 그저 무릎 반사처럼 본능적인 수준에서 나타나기도 한다. 또 본인이 어떤 행동을 왜 하는지 그 이유를 스스로에게 들려줄 때, 그 이야기는 사실 진실이 아니라 자신의 신화를 뒷받침하기 위한 핑계일 수도 있다.

예를 살펴보자. 캐시는 어린 시절 힘겨운 시간을 보냈다. 어머니는 중독자였고, 아버지는 남들 눈에 어떻게 보일지만을 걱정하며 다른 사람이 이 상황을 알지 못하도록 숨기는 데 급급한 사람이었다. 그런 탓에 캐시의 어린 시절은 불안정하기 이를 데 없었다. 성인이 된 캐시는 성공한 삶을 살기 위해 전력을 다하고 있다. 이제 그는 제대로 된 명품 브랜드의 옷을 입지 않고, 제대로 된 자동차를 타지 않고, 제대로 된 식당에서 식사를 하지 않는 사람들을 무시하는 사람이 되었다. 어쩌면 캐시는 자기 자신을 안목이 높은 사람이라고 묘사할지도 모른다. 인정받기 위해 명품이 필요하다고 느낀다는 사실을, 값비싼 물건을 소유하는 것이 안전하며 보호받는다는 기분을 느끼기 위한 자기만의 방식이라는 사실을 인식하지 못한 채 말이다.

인물의 배경 이야기를 구체적으로 설정하기 위해서 상담가의 지혜를 빌릴 수 있다. 임상 면담에서 어떤 질문을 던지는지는 상담의 장소와 목적에 따라 달라지기 마련이다. 여기에서는 면담에서 다루는 질문을 영역별로 구분하여 소개하는 한편 상담가가 내담자에게 이런 질문을 하는 이유에 대해 설명할 것이다. 질문은 상담가가 내담자에게 묻는 방식 그대로 소개될 것이다.

가족과 인간관계

상담을 위한 준비 면담 중 가족과 인간관계에 속하는 질문들을 살펴보자.

* 부모님은 어떤 사람이었나요?
* 형제나 자매가 있나요?
* 형제자매가 있다면 그중 몇 번째 자녀인가요?
* 부모님과 사이가 좋나요? 가족들과는 어떤가요?

앞에서도 언급했지만, 본성이냐 양육이냐의 문제를 두고는 끊임없는 논쟁이 이어지고 있다. 하지만 유아기에 일어난 사건들이 우리 삶에 극히 중대한 영향을 미친다는 사실 자체는 정신 건강 전문의 사이에서 논의의 여지가 없다.

정체성은 어린 시절에 형성되며, 그때 가족에게 받은 정보는 어린 두뇌에 깊이 각인된다. 자신이 보호받고 사랑받고 있으며 가치 있는 사람이라는 정보를 받아들이며 자란 어린이들은 일반적으로 어른이 되어서도 한층 수월하게 건강한 인간관계를 맺고 건강한 자존감을 유지한다. 한편 힘겨운 어린 시절을 보낸 어린이의 머릿속에는 '나는 사랑받을 자격이 없어' 같은 정보가 각인될지도 모른다. 그 결과, 후자의 어린이는 무의식적으로 자신을 홀대하는 사람과 관계를 맺게 되며, 그런 인간관계를 통해 진실이라고 생각해온 믿음이 한층 굳어지게 된다.

소셜 미디어에서는 출생 순위에 대한 다양한 주장이 오간다. 막내의 외모가 가장 뛰어나다든가, 맏이가 가장 똑똑하다든가 하는 식의 주장이다. 형제자매들은 몇 번째로 태어나는 것이 가장 좋은지를 두고 벌써 몇 세대에 걸쳐 싸움을 벌여왔다. 다들 동의하는 유일한 한 가지는 중간에 태어난 아이가 가장 힘겨운 시간을 보낸다는 사실뿐이다.

맏이로 태어난 아이들은 둘째나 셋째보다 부모님의 관심을 독차지하는 경우가 많기 때문에 좀 더 독립적인 성격으로 자라나는 경향이 있다. 맏이들은 애어른이 되기 쉽고, 믿음직스럽고, 체계적으로 행동하고, 남을 통제하려 들고, 야망이 큰 사람이 많다. 또 맏이의 성격은 몇 살 때 동생이 태어났는지에 따라 달라진다. 일단 동생들이 태어난 후부터는 동생을 보살피는 책임을 떠맡기 때문이다.

한편 중간 아이들은 가족 내에서 자신의 역할을 찾는 데 어려움을 겪는다. 귀여움을 받는 막내도 아니고, 책임감이 있는 맏이도 아니기 때문이다. 부모님에게 가장 관심을 받지 못하는 존재라고 느낄 수도 있다. 중간 아이들은 친구를 많이 사귀고, 반항적이고, 가족 사이의 중재자 역할을 떠맡는 사람이 많다고 알려져 있다.

마지막으로 막내들은 비교적 관대한 대우를 받고, 부모님과 형제들에게 귀여움을 아낌없이 받으며 자란다. 자기중심적일 수도 있는 한편 잘 놀고, 외향적이고, 원하는 것을 얻기 위해 협상하는 솜씨가 뛰어난 사람이 많다고 알려져 있다.

한편 상담가는 내담자의 가족이 내담자에게 사회적으로 의지할 수 있는 존재인지를 파악하기 위한 질문들을 던진다. 내담자에게 의지할 만한 가족이 있는가? 자신을 언제나 지지해주는 믿음직한 지원군이 있다면 인물은 도움이 필요한 순간마다 그들을 찾을 것이다. 그러므로 작가는 인물이 혼자만의 힘으로 문제를 해결하도록 만들기 위해 그의 가족을 어떤 식으로 제거해야 할지 고민할 수도 있다(플롯에 필요하다는 이유로 누군가의 가족을 죽일 필요에 대해 태연자약하게 논의하는 인간은 작가와 연쇄살인마밖에 없을 것이다).

✦ 인물의 가계도나 인간관계 지도를 만들어보자. 인물이 자신의 어린 시절을 회상하는 내용의 일기를 써봐도 좋다.

_____

_____

_____

_____

_____

55

✦ 인물과 가족의 갈등은 배경 이야기를 흥미롭게 만드는 요소가 될 수 있다. 이런 설정에서 인물은 어쩌다 가족과 불화를 겪게 되었는가? 이 불화는 이야기가 진행되는 과정에서 해결되어야 하는 (혹은 해결될 수 있는) 문제인가, 아니면 이미 사이가 멀어진 채로 내버려두는 것이 가장 최선인 문제인가?

_____

_____

_____

_____

_____

✦ 인물의 기억과 그 기억이 현재에 미치는 영향을 생각해보는 한 가지 방법이 있다. 바로 작가로서 내 기억을 떠올려보는 것이다. 어떤 기억이 머릿속에 남아 있는지, 그 기억이 이 세계를 보는 관점에 어떤 영향을 미쳤는지를 유념하여 살펴보자. 그렇다. 본질적으로 나 자신의 상담가가 되어보는 것이다!

✦ 지금 머릿속에 첫 번째로 떠오르는 어린 시절의 기억을 기록해보고 그다음 떠오르는 기억들을 두세 가지 정도 기록해보자.

✦ 각 기억을 떠올렸을 때 생각나는 모든 것을 적어보자. 풍경, 냄새, 소리, 무슨 일이 있었는지 등 상세히 기록해보자.

✦ 상담가의 입장에서 이 기억을 어떻게 해석할 수 있을지 생각해보
자. 이 기억이 떠오른 이유는 무엇인가? 이 기억에 어떤 의미를 부
여할 수 있는가? 이 기억이 훗날 내 인생에 어떤 영향을 미쳤는지
분석할 수 있는가?

✦ 내 기억이 과연 정확한지 곰곰이 생각해본 적 있는가? 형제자매
와는 전혀 다른 방식으로 기억하는 어린 시절의 사건이나 경험이
있는지 생각해보자.

인종과 문화

상담을 위한 준비 면담 중 인종과 문화 영역에 속하는 질문들을 살펴보자.

* 어떤 민족적, 문화적 배경을 가지고 있나요?
* 그 민족적, 문화적 배경이 당신의 인생에서 어떤 역할을 수행하고 있다면, 그 역할은 무엇인가요?
* 중요하게 생각하는 문화적 전통이 있나요?
* 당신의 문화적 배경에서는 현재 당신이 처한 상황을 어떻게 생각하나요?

58

만약 내담자가 이민자라면 다음 질문들을 덧붙일 수 있다.

* 언제 이 나라로 이민을 왔나요?
* 혼자 왔나요, 아니면 가족들과 함께 왔나요?
* 이민을 오려고 결심한 데에는 어떤 사정이 있었나요?
* 새로운 이 나라에 대해 어떻게 생각하나요?

작가를 위한 팁

인종적, 문화적 배경은 내가 나를 어떻게 인식하는지 뿐만 아니라 다른 사람이 나를 어떻게 보는지에도 영향을 미친다. 가령 어떤 사람에게는 자신의 배경이 특권 의식과 실질적인 특권을 부여하는 반면에 어떤 사람에게는 배경이 정반대로 작용한다.

어떤 이들에게는 인종과 문화가 자부심을 불러일으키는 원천이자 스스로를 정의 내리는 특징이다. 반면 인종과 문화를 별로 중요하게 생각하지 않는 사람들도 있다. 하나의 사회를 이루는 구성원으로서 우리는 여전히 인종과 문화의 영향력이 의미하는 바에 대해, 그리고 편견이 어떻게 사람 사이의 관계와 사회 체제에 영향을 미치는지를 탐색 중이다.

이민자들은 또 이민자들만이 겪는 나름의 문제를 안고 있다. 고국의 문화와 역사에서 어떤 부분을 계승할 것인지, 이 부분을 새로운 나라의 전혀 다를지도 모를 기대치에 어떻게 통합할 것인지 같은 문제들이다. 만약 전쟁이나 자연재해 때문에 이민을 할 수밖에 없는 상황이었다면, 당장 해결해야 하는 문제에 더해 트라우마를 극복하는 문제까지 있을지도 모른다는 사실을 알고 있는 것이 중요하다.

작가가 자신과 전혀 다른 배경을 지닌 인물을 쓸 때 봉착할 수 있는 문제들을 전적으로 다루는 책과 워크숍과 여러 온라인 토론장이 있다. 이러한 주제에 대해서, 소외된 목소리를 듣는 일의 중요성에 대해서 시간을 들여 공부하도록 해야 한다. 소설 속 세계는 현실을 반영해야 하므로, 소설 속 인물들을 다양한 배경을 지닌 사람들로 구성되게끔 만드는 일은 중요하다.

한편 개인적 경험 범위를 벗어난 영역을 다룰 때 세부 사항을 올바르게 설정하는 일 또한 매우 중요하다. 클리셰에 빠지

거나, 잘못된 정보를 전달하거나, 온당치 않거나 심지어 불쾌
하기까지 한 고정관념을 조장해서는 안 된다. 그렇다. 사람이
라면 대부분 비슷비슷한 고민과 어려움을 안고 있다. 다만 그
경험들이 인종과 문화를 비롯한 여러 영역의 영향을 받아 다
르게 느껴질 수 있을 뿐이다.

✦ 소설에 등장하는 인물이 인종적으로나 문화적으로나 종교적으로
작가 자신과 전혀 다른 부류의 사람이라면, 세부 사항을 올바르게
쓰기 위해서 어떤 자료들을 조사해야 하는가?

_____

_____

_____

_____

_____

✦ 인물과 비슷한 배경을 가진 사람을 찾아 이야기를 나누어보자. 도
움이 될 만한 새로운 정보들은 꼼꼼히 기록해두자.

_____

_____

_____

_____

_____

_____

사회적 계급과
경제적 능력

상담을 위한 준비 면담 중 사회적 계급과 경제적 능력과 관련
된 질문들을 살펴보자.

* 어린 시절 가정의 경제 상태를 어떻게 표현할 수 있나요?
* 지금 경제적 상황은 어떤가요?
* 빚을 지고 있나요?
* 돈을 어떤 식으로 생각하고 다루나요?
* 저축하는 편에 속하나요, 소비하는 편에 속하나요?
* 이 성향이 살아오는 동안 변한 적이 있나요?

작가를 위한 팁

우리는 계급과 돈과 복잡한 관계를 맺고 있다. 이 관계는 문화
에 따라 달라지기 마련이며, 어떤 문화는 다른 문화보다 경제
적 능력과 사회적 지위에 크게 중점을 두기도 한다. 다른 사람
과 비교하는 문제를 제쳐둔다 하더라도 경제적 능력은 삶에
현실적인 영향을 미친다. 기본 의식주를 보장하는 돈이 없다
면 매슬로의 욕구 위계에서 기본 욕구인 안전 욕구가 위협받
기 때문이다. 음식과 주거지가 확보하고 있다는 확신이 없을
때 인간의 행동은 달라질 수밖에 없다.

만약 빚을 지고 있다면 이 때문에 스트레스를 받을 수도 있

다. 하지만 빚에 대한 생각과 빚을 진 상황에 대한 내성은 사람에 따라 각기 다르기 마련이다. 어떤 이들은 고작 몇백 달러라도 빚을 지고 있다는 사실에 스트레스를 받지만, 어떤 이들은 수십만 달러를 넘긴 그제서야 겨우 빚에 대해 걱정하기 시작한다.

그러므로 상담가는 빚의 여부뿐만 아니라 빚에 대한 내담자의 불안 수준에도 관심을 가진다. 여러 심리 연구에 따르면 빚은 우울감, 불안감, 인간관계에서의 적대감, 부인, 스트레스, 분노, 좌절감을 유발한다고 한다. 만약 작품 속 인물이 빚을 진 탓에 힘겨워하고 있다면, 이 사실은 다른 사람과의 관계는 물론 전혀 다른 상황에서의 행동 방식에도 영향을 미칠 수밖에 없다.

한편 인물을 부유하게 설정한다면 인물에게 활용할 수 있는 자원을 주는 셈이다. 돈으로 행복을 살 수는 없을지 모르지만, 적어도 불행에서 기분을 전환할 수 있는 것들을 살 수는 있다. 인물에게 돈이 있다면 원하는 것을 손에 넣기 위해 도움이 될 만한 것들을 살 수 있을 것이다. 반면 돈이 없다면 이런 도움을 얻을 다른 방식을 찾아야만 한다. 자원과 자금이 풍부한 인물은 문제 상황을 해결할 방법 또한 쉽게 찾을 수 있다. 반대로 인물을 가난하게 설정했다면 작가는 인물이 자신에게 필요한 것을 손에 넣을 수 있는 현실적인 방법을 함께 고민해주어야 한다.

돈은 또한 불화의 원인으로 작용하기도 한다. 어쩌면 인물은 돈이 없어 사회 활동에 참여하지 못하는 처지일 수도 있다.

장학금을 받으며 학교를 다니느라 여유가 없어 방학 때도 친구들과 여행을 떠나지 못하는 것이다. 혹은 정반대의 처지라 문제가 발생하기도 한다. 돈이 많다는 이유로 고립되는 것이다. 아무도 프랑스 남부에서 보낸 휴가 이야기를 듣고 싶어 하지 않는다. 다른 친구들은 플로리다주 코랄 게이블스의 베스트 웨스턴 거리에 있는 한 칸짜리 방, 누군가 욕조에 구토를 해놓은 숙소를 아홉 명이 함께 쓰며 휴가를 보냈기 때문이다.

✦ 인물의 현재 경제 상태는 어떠한가? 혹시 돈 때문에 스트레스를
받고 있는가?

_____

_____

_____

_____

_____

65

✦ 인물의 경제 상태를 고려할 때 인물은 어떤 종류의 자원을 사용할
수 있는가, 혹은 사용할 수 없는가?

_____

_____

_____

_____

_____

연애와 결혼

상담을 위한 준비 면담 중 연애와 결혼 영역에 속하는 질문들을 살펴보자.

* 현재 결혼을 한 상태인가요? 혹은 오랜 기간 만나온 연인이 있나요?
* 결혼한 적이 있나요? 그렇다면 그 결혼 생활이 어떻게 끝나게 되었나요?
* 여러 사람과 사귀어보았다면, 그 관계들은 어떻게 시작해서 어떻게 끝났나요?
* 동성애자, 이성애자, 범성애자, 트랜스젠더 중 본인은 어디에 속하나요?

작가를 위한 팁

사회에서는 여전히 서로가 만나 짝을 이루어야 한다는 기대가 있다. 짝을 이루는 관계에는 전통적 방식인 결혼은 물론이고, 오랫동안 연인으로 지내는 관계도 포함된다. 실제로 사회적 에너지의 많은 부분이 연예인들의 열애와 결별, 새로운 상대와의 연애 과정을 지켜보는 일에 소비된다. 오직 이 이야깃거리만을 주로 다루는 매체들이 있을 정도다. 사람들은 다른 사람들이 어떤 이유로 서로에게 끌리는지에 흥미를 느끼는데, 물론 호기심 때문이지만 우리 자신의 관계를 이해하는 데 도움이 되기 때문이기도 하다.

상담가는 내담자의 연애 양상에 흥미를 느낀다. 내담자에게 오랜 기간 만나온 연인이나 배우자가 있는가? 두 사람은 언제부터 함께했고, 어떻게 사랑하는 사이가 되었는가? 함께 지내며 갈등이 불거질 때는 어떻게 해결하는가? 믿지 않아도 좋지만, 한 가지 분명한 위험 신호는 두 사람이 서로 절대 싸우지 않는다고 말하는 경우다. 오랜 기간 관계를 유지하면서 갈등을 회피한다는 것은 불가능한 일이다. 연인이나 부부가 싸우지 않는다는 것은 두 사람이 서로 간의 갈등을 해결하려 하지 않는다는 의미이며, 이는 나중에 더 큰 문제가 되어 돌아오기 마련이다.

상담가는 두 사람의 관계에서 가장 좋을 때와 가장 힘들 때에 대한 질문을 던지며 내담자가 어떤 방식으로 이야기를 하는지 유심히 살핀다. 오랜 시간 유지되어온 안정된 관계를 통해 내담자가 한층 성장하며 무언가를 배워가는 중인지, 혹은 이 연애 때문에 피해를 입고 있으며, 할 수 있는 일을 못하고 있는 건 아닌지를 알아내려 노력한다.

내담자의 성적 지향도 중요한 의미를 지닌다. 내담자가 자신의 성적 지향에 만족해하고 행복한 상태일까? 혹시 성적 지향에 대해 고민하고 있을까? 만약 내담자의 가족이 내담자의 성적 지향을 거부한다면 갈등이 발생할 수밖에 없다. 어쩌면 사랑하는 사람을 만나고 싶은 소망과 가족 사이에서 양자택일을 해야 한다는 압박을 받을 수도 있다. 한 가시 짚고 넘어가자면 어떤 성적 지향도 다른 성적 지향에 비해 우월하지 않다는 사실을 이해하고 있어야 한다. 여기서 중요한 것은 그 성적 지향이 내담자와 내담자가 세계를 보는 관점에 어떤 영향을 미치는지다.

내담자의 연애가 항상 짧게 끝나는 경향이 있는지도 살펴볼 만한 사항이다. 계속해서 이 사람 저 사람을 만나지만 어떤 관계도 오래 지속되지 않는다면 그 관계들에는 어떤 공통점이 있을까? 내담자는 항상 먼저 헤어지자고 말하는 쪽일까, 매번 이별을 통보받는 쪽일까? 혹시 항상 비슷한 유형만 골라 만날까? 한 사람에서 다른 사람과의 관계로 옮겨갈 때, 무언가를 배우고 성장할까? 혹은 그저 유해한 행동을 반복하고 있을 뿐일까?

한편 어떤 사람들은 성적 관계나 낭만적 관계에 관심이 없다고 스스로를 규정하기도 한다. 어쩌면 이전에 힘겨운 이별을 겪었기 때문에 상처받을 위험을 감수하고 싶지 않을 수도 있다. 인생에서 연애 말고 다른 인간관계에 집중하고 싶어 하는 사람들도 있다. 여기서도 성적 지향이 중요한 게 아니라는 점을 명심해야 한다. 중요한 것은 인물이 자신의 성적 지향을 어떻게 느끼는지, 자신의 자아상에 성적 지향을 어떻게 통합하는지의 문제다.

인물에게 사랑하는 사람이 있다고 가정해보자. 인물은 자신이 사랑하는 사람을 우선순위로 삼을 것이고, 그 상대와의 관계는 인물의 행동을 이끄는 동기로 작용하게 된다. 바로 그렇기 때문에 수많은 스릴러 소설 속 악당이 주인공이 사랑하는 사람을 납치하거나 살해하는 것이다. 위험에 처하는 것 말고는 아무 역할도 하지 않는 여성 인물은 독자의 반발을 살 수 있다. 이런 인물은 주인공이 세상에 나와 복수를 하게 만들도록 동기를 부여하는 목적으로만 존재할 뿐이다.

작가라면 주인공이 사랑하는 사람을 주인공에게 동기를 부여하기 위한 치트 키로 쓰는 데 그쳐서는 안 된다. 인물 각자가 나름의 목적을 가지고 존재해야 한다는 점을 유념하자.

✦ 인물은 결혼했는가? 혹은 오랜 기간 관계를 유지하고 있는 연인
이 있는가? 인물은 자신의 관계를 어떤 식으로 표현할 것인가?

_____

_____

_____

_____

✦ 인물은 과거에 어떤 관계를 맺어왔는가? 후회하는 관계도 있
는가?

_____

_____

_____

✦ 인물은 현재 자신의 연애 관계를 행복해하는가, 만족해하는가, 불
행해하는가?

_____

_____

_____

사회적 지지와 우정

상담을 위한 준비 면담 중 사회적 지지와 우정 영역에 속하는 질문들을 살펴보자.

* 친구들에 대해 말해주세요.
* 교회를 다니고 있나요?
* 속해 있는 모임이나 단체가 있나요?
* 정기적으로 봉사 활동을 하는 곳이 있나요? 있다면 어디서 하나요?
* 힘든 상황에 처했을 때 도움을 청할 만한 사람이 있나요?

작가를 위한 팁

사람은 섬이 아니다. 한 연구에 따르면 사회적 지지 기반이 약한 사람은 우울증과 심혈관 질환에 걸리거나 뇌내 화학물질이 변형될 확률이 높다고 한다. 사실 스트레스를 받는 상황에서 사회적 지지가 도움이 된다는 걸 알기 위해 연구 결과까지 들먹일 필요는 없을 것이다.

사회적 지지는 몸이 아플 때 식사를 챙겨주거나 돈을 빌려주는 것처럼 현실적인 도움을 주는 형태로 나타날 수도 있고, 힘든 시간을 보내며 이야기할 상대가 필요한 친구에게 귀를 기울여주는 것처럼 정서적 도움을 주는 형태일 수도 있다. 나를 괴롭히는 사람에게 악담을 퍼붓는 일을 망설이지 않는 친구, 힘들 때 초콜릿을 가져다주는 친구가 있다면 그 친구를 소중히 여겨야만 한다.

친구를 다양하고 폭넓게 사귀는 사람도 있고, 좁은 범위에서 사귀는 사람도 있다. 사회적 관계의 폭이 얼마나 넓은지는 중요하지 않다. 중요한 것은 관계의 질이다. 그리고 어느 날 삶에서 진정한 위기가 닥치면 누구를 진심으로 의지할 수 있는지 깨닫게 된다. 언제고 자신의 곁을 지킬 것이라 믿었던 사람들이 정작 위기의 순간에 사라져 버리는 일이 너무나 많다.

폭넓은 지지 기반은 인물이 이용할 수 있는 또 다른 자원이기도 하다. 그 중에는 주인공의 목표를 달성하는 데 도움이 될 만한 사람이 있을 수도 있다. 가장 친한 친구가 해커일 수도 있고, 교회에서 만난 친구가 집에 숨겨준 덕에 위험한 상황에서 벗어날 수도 있다. 하지만 인물을 돕는 사람이 많다면 인물이 혼자의 힘으로 문제를 해결하게 만들기 위해 작가로서 우리는 인물에게 도움을 주는 세력을 제거해야만 할지도 모른다(작가의 연쇄살인마적 성향이 다시 튀어나오는 순간이다).

작가는 인물이 정서적 지지가 필요한 순간 이 친구에게 어떤 문제를 이야기하는 장면을 여러 가지 기회로 활용할 수 있다. 이 대화를 통해 플롯에 필수적인 정보를 전달할 수도 있으며, 인물의 감정이 움직이는 방식에 일어난 변화를 보여줄 수도 있고, 인물이 이 세계를 보는 관점을 보여줄 수도 있다.

✦ 인물은 자신이 사회적으로 관계 맺고 있는 사람들을 어떤 식으로
묘사할 것인가?

_____

_____

_____

_____

✦ 인물이 어려움을 겪을 때 믿고 찾아갈 만한 사람은 누구인가?

_____

_____

_____

✦ 인물 자신은 다른 사람이 도움을 필요로 할 때 의지하는 대상
인가?

_____

_____

_____

건강한 관계

상담을 위한 준비 면담에서 건강한 관계 영역에 속하는 질문들을 살펴보자.

* 살면서 만난 사람들과 관계를 잘 유지하고 있나요?
* 사이가 멀어진 사람들이 있다면, 왜 그렇게 되었다고 생각하나요?
* 살아오면서 시간의 흐름에 따라 인간관계가 달라졌나요?
* 친구들은 당신을 어떤 사람이라고 묘사할 것 같나요?
* 직장 동료들은 당신을 어떤 사람이라고 묘사할까요?
* 문제가 생기면 누구를 찾아가나요?

작가를 위한 팁

이 영역의 질문을 통해 인물이 스스로를 얼마나 이해하고 있는지, 다른 사람과의 관계를 얼마나 이해하고 있는지 파악할 수 있다. 우리가 맺는 인간관계는 스스로를 정의내리는 한 가지 방식이기도 하다('나는 엄마다' '나는 맏이다'처럼). 가족은 자신이 선택하지 않았지만 친구는 자신이 선택한 가족이라는 말이 있다. 내 작품 속 인물은 인생에서 어떤 사람들을 선택하는가? 그 선택은 현명한 선택인가?

사람은 누구와 함께 있는지에 따라 조금씩 다른 모습을 보이기 마련이다. 직장 동료 앞에서의 모습과 가장 친한 친구들

앞에서의 모습은 크게 다를 수 있다. 다 큰 성인인 배우자가 집으로 돌아가 가족을 만나기만 하면 갑자기 어린아이처럼 돌변하는 모습을 보고 깜짝 놀란 적이 있지 않은가? 상담가는 한 개인을 구성하는 각기 다른 면을 모두 이해함으로써 그 개인이 어떤 사람인지 전반적인 결론을 도출한다.

✦ 지금까지 어떤 인간관계를 맺어왔는지에 관한 질문을 받는다면, 인물은 어떻게 대답할 것인가?

\
\
\
\

✦ 인물의 가장 친한 친구는 인물을 어떤 식으로 묘사할 것인가? 어린 시절부터 친한 친구가 말하는 인물의 모습과 최근 알게 된 사람이 말하는 인물의 모습은 어떻게 다를 것인가?

\
\
\
\
\
\

종교

상담을 위한 준비 면담에서 종교 영역에 속하는 질문들을 살펴보자.

* 어린 시절부터 믿어온 특정한 신앙이 있나요?
* 본인을 종교적인 사람이라고 생각하나요?
* 특정 종교에 속해 있지 않다면, 자신을 영적인 사람이라고 생각하나요? 어떤 식으로든 이 세상 것이 아닌 외부의 힘이나 존재가 있다고 믿나요?
* 일상생활에서 신앙은 얼마나 중요한가요?
* 지금 믿는 종교는 당신이 현재 처한 상황을 어떻게 생각하나요?

작가를 위한 팁

종교는 이 세상을 이해하는, 그리고 이 세상에서 마주하는 어려움을 이해하는 중요한 방식이 되기도 한다. 종교가 있는 사람들은 기도나 예배의 힘에 의존해 어려움에 대처한다. 내세를 믿는 이들은 사랑하는 사람이 세상을 떠났을 때 분명 더 좋은 곳으로 갔을 것이라는, 혹은 훗날 다시 만날 수 있다는 생각을 위안으로 삼기도 한다. 어쩌면 반대로 사랑하는 사람을 일찍 데려간 일을 두고 신에게 화를 낼지도 모른다. 신앙심이 두터운 이들은 자신의 행동과 관점을 모두 종교에 의탁하기도 한다. 수많은 이에게 종교는 나를 이루는 토대인 동시에 갈등을 일으키는 불씨 같은 존재다.

종교는 긍정적으로든 부정적으로든 상담 과정에 크게 영향을 미칠 수 있기 때문에 상담가는 내담자가 뿌리 깊은 신앙을 가지고 있는지를 먼저 확인한다. 소설에서도 인물의 종교를 활용할 수 있다. 작품 속 인물이 특정 신앙을 가지고 있다면 신앙을 통해 마음의 평화를 얻을 수도 있고, 괴로워할 수도 있고, 다른 사람과 갈등을 빚을 수도 있을 것이다.

✦ 인물은 어떤 종교적 배경을 가지고 있는가?

_____

_____

_____

_____

_____

✦ 어린 시절부터 같은 신앙을 지금까지 계속 유지하고 있는가?

_____

_____

_____

_____

_____

_____

✦ 주위 사람들은 인물을 영적인 사람이라고 생각하는가?

_____

_____

_____

_____

_____

✦ 인물은 사람이 죽으면 어떻게 된다고 생각하는가? 천국과 지옥의
존재를 믿는가?

_____

_____

_____

_____

_____

_____

교육과 취미

상담을 위한 준비 면담에서 교육과 취미 영역에 속하는 질문들을 살펴보자.

- * 최종 학력이 어떻게 되나요?
- * 어떤 분야에서 뛰어나고, 어떤 분야에서 약하나요?
- * 어떤 분야의 지식을 가지고 있나요?
- * 스스로를 '평생 학습자'라고 생각하나요?
- * 지난 몇 년 동안 수업을 듣거나 새로운 것을 배운 적이 있나요?
- * 학교를 다니는 일이 즐거웠나요?
- * 어떤 학습 장애가 있나요?
- * 재미를 느끼기 위해 무슨 일을 하나요?
- * 여가 시간을 어떻게 보내나요?
- * 운전을 할 수 있나요? 법적 효력이 있는 운전면허증이 있나요?

작가를 위한 팁

상담가는 이 영역의 질문을 통해 내담자가 개인적으로 성장하기 위해 어떤 기술이 중요한지, 어떤 분야에서 어려움을 겪고 있는지를 파악한다. 예를 들어 심각한 학습 장애가 있는 사람은 학습 장애가 없는 사람보다 새로운 분야를 배우는 데 한층 어려움을 겪는다. 또 운전면허가 없으면 그 지역의 대중교통 접근성에 따라 다르겠지만, 학업을 계속하기가 어려울 수 있다. 그리고 상담가는 이런 질문을 통해 내담자가 새로운 것에 얼마나 마음이 열려 있는지, 내담자가 어떤 일에서 즐거움을 얻는지를 파악한다.

작가에게 인물의 교육 수준과 취미는 유용하게 활용할 수 있는 요소로, 이야기 속에서 인물이 문제를 해결하고 목표에 다가가기 위해 사용할 만한 수단을 여기서 찾을 수 있다. 인물이 자동차 수리에 솜씨를 보인다면 이 기술은 자동차 추격 장면에서 중요한 역할을 할 수 있다.『헝거 게임』초반에서 캣니스가 활을 잘 쏜다는 사실을 보여주는 것도 후반부에 이르러 캣니스의 활 솜씨가 목숨을 좌우하는 요소로 작용하기 때문이다.

교육 수준에 따라 인물이 말하는 방식도 달라지기 마련이다. 독자는 인물이 쓰는 단어나 말투를 통해 누가 말하는지 구분하기도 한다. 인물은 자신이 일하는 분야나 좋아하는 취미에 따라 특수한 용어나 은어를 사용할 수도 있다. 이런 방식으로 인물을 창작한다면 이야기에 독특한 분위기를 부여하고, 인물을 한층 현실적으로 느껴지게 만들 수 있다. 예를 들어 누군가 심장 발작을 일으켰다고 하자. 어린 소년이라면 이 광경을 목격하고는 "그냥 쿵하고 쓰러졌어요. 트롤이 넘어지는 것처럼요"라는 식으로 말하겠지만, 응급실 간호사라면 "갑작스러운 심정지로 인한 심근경색이 일어났습니다"라고 말할 것이다. 이 두 가지 반응 모두 인물에 대한 무언가를 알려주면서도 장면에 현실감을 더한다.

✦ 인물의 학창 시절, 교사가 인물에 대한 평가서를 작성한다면 뭐라고 쓸 것인가? 인물의 성적표나 생활기록부를 작성해보자.

_____

_____

_____

_____

_____

✦ 인물이 취미 생활로 어떤 수업을 듣는다면, 무슨 수업을 들을 것인가? 그 수업을 선택한 이유는 무엇인가?

_____

_____

_____

_____

_____

_____

_____

✦ 인물이 학창 시절을 돌아본다면 어떤 기억이 가장 먼저 떠오를 것
인가?

건강

상담을 위한 준비 면담에서 건강 영역에 속하는 질문들을 살펴
보자.

* 전반적인 건강 상태가 어떤가요?
* 체력 수준은 어느 정도인가요?
* 어떤 운동을 하고 있나요?
* 장애가 있나요? 그렇다면 그 장애에 대해 이야기해주세요.
  장애가 삶에 어떤 영향을 미치나요?
* 의료 기관에서 어떤 경험을 했나요?
* 담배를 피우나요?
* 체중이 건강한 수준인가요?
* 건강에 어떤 변화를 겪은 적이 있나요?

작가를 위한 팁

우리의 신체와 정신이 연결되어 있다는 사실에는 의심의 여
지가 없다. 신체 감각은 기분에 영향을 미친다. 머리가 깨질
듯한 두통에 시달리면서도 여전히 출근을 해야 했던 적이 있
거나, 몸이 아파 도무지 잠을 이루지 못한 적이 있는 사람이
라면 고통에 시달리는 상황에서 활기차게 행동하거나 정신을
집중하기가 몹시 힘들다는 걸 알고 있을 것이다. 하지만 때로
는 몸과 정신의 관계가 반대로 작용하기도 한다. 심한 스트레

스에 시달리는 사람은 감기나 독감에 걸리기 쉽다. 정신적 스트레스를 받는 사람은 정서적으로 안정된 사람에 비해 한층 심한 고통을 호소하기도 한다.

상담가는 내담자가 본인의 건강과 신체 수행 능력을 어떻게 평가하는지에도 흥미를 느끼며 자신의 체력을 올바르게 인식하고 있는지, 혹시 자신의 능력을 과대평가하거나 과소평가하고 있는 건 아닌지를 확인한다. 이를테면 어떤 내담자들은 나약한 존재로 보이고 싶지 않다는 이유로 혹은 아버지, 아내, CEO 등 수행해야 하는 역할 이미지에 걸맞지 않다는 이유로 자신의 어려움을 별것 아닌 듯 가볍게 여기기도 한다.

반대로 자신의 건강 상태를 지나치게 나쁘게 평가하는 내담자도 있다. 이런 경우는 내담자가 그렇게 해서 무엇을 얻는지가 중요하다. 예를 들어 아침에 일어났는데 감기 기운이 심해서 할 수 없이 연차를 내고 다시 침대로 들어갈 수밖에 없는 경험을 한 적이 있을 것이다. 하지만 휴가 첫날 똑같은 감기 증상이 나타났다면 아마 몸이 아픈 걸 무시하고 밖에 나가 놀지 않았을까? 이론적으로는 감기에 대처하는 방식이 같아야 하겠지만, 감기 때문에 휴가를 놓친다는 생각이 들면 누구라도 어떻게든 기운을 끌어내려 할 것이다. 그렇다고 우리가 꼭 체제를 속이거나 거짓말을 하려 든다는 뜻은 아니다. 그저 상황에 따라 자신의 신체 능력에 대한 인식이 달라질 수 있다는 뜻이다.

내가 일했던 재활 상담 분야에서는 자신의 신체 능력을 과소평가하는 경향, 실제 건강 상태보다 더 아픈 척하는 경향을

'이차적 이득secondary gain'이라 부른다. 이차적 이득은 법률 분야에서도 자주 거론되는 용어다. 예를 들어 자동차 사고를 당해 심각한 부상을 입었다고 해보자. 의학적으로 볼 때는 순조롭게 회복 중인데도, 환자는 여전히 통증이 심하며 어떤 특정한 일을 수행하기가 어렵다고 호소할 수 있다. 여기서 환자가 보상금이 걸린 소송 중이라고 하면 어떨까? 이런 상황에서 환자가 자신의 상태를 안 좋은 방향으로 과장해서 말할수록 더 큰 보상금을 받으리라는 사실을 어느 정도 의식하지 않을 수 없다.

혹은 환자가 가정에서 요리, 청소, 양육 같은 힘겨운 일을 모두 도맡으며 주도적인 역할을 수행하는 사람이었다면 어떨까? 그가 부상을 당한 이후 배우자가 집안 살림을 대신 떠맡는 한편 한층 관심을 기울이며 보살펴주었을 수도 있다. 집안일에서의 해방과 배우자의 보살핌을 포기하기란 쉽지 않은 일일 것이다. 어쩌면 그 모든 힘든 일들을 다시 떠맡아야 한다는 두려움 때문에 의식적으로든 무의식적으로든 회복을 원하지 않을 수도 있다. 환자 자신은 이런 생각이 몸 상태에 어떤 영향을 미치는지 인식하지 못할 수도 있지만, 상담가라면 이런 요소를 이해할 필요가 있다.

인물의 건강 상태는 이야기 전개에 중요한 역할을 한다. 인물의 건강 상태나 장애 여부는 각기 다른 상황에 대응하는 능력에 영향을 미친다. 시각장애가 있는 인물은 눈이 잘 보이는 인물이 겪지 않는 어려움을 겪겠지만, 세계를 손으로 만지고 탐색하며 살아왔던 덕분에 다른 종류의 대응 기술과 유연성이 발달했을 수 있으며, 그 능력을 다른 영역에서 유용하게 발휘할 수도 있다. 어쩌면 인물의 건강 상태가 이야기 전개 자체에 중요한 역할을 할 수도 있다. 건강이 나빠지는 바람에 간호사나 의사인 특정 인물을 만날 수도 있고, 인물의 질병이 좀비 종말의 시작점이 될 수도 있다.

건강 문제나 장애를 지닌 인물에 대해 쓰려면 배려와 주의를 훈련해야 한다. 다른 인종과 다른 문화적 배경에서 온 인물을 쓸 때와 마찬가지다. 관습적 장치나 상투적 인물에 안주하지 않도록 유의하자. 장애를 직접 경험해보지 않아 좀 더 세심히 검토해볼 부분이 있다면, 장애에 대한 감수성이 높은 사람에게 원고를 보여주고 조언을 구하는 것도 좋은 방법이다.

✦ 인물의 담당 의사는 인물의 건강에 대해 어떻게 말할 것인가?

_____

_____

_____

_____

_____

✦ 인물은 자기 건강에 대한 책임이 누구에게 있다고 생각하는가?
통제할 수 없는 부분에 대해서도 스스로를 탓하는가?

_____

_____

_____

_____

_____

✦ 건강에 문제가 생기면 인물은 어떤 식으로 반응하는가? 자신의 건강 상태를 과소평가할 것인가 과대평가할 것인가? 이차적 이득과 관련된 문제가 있는가? 만약 그렇다면 그 문제는 무엇인지, 인물은 그 문제를 인식하고 있는지 살펴보자.

일과 직장

상담을 위한 준비 면담에서 일과 직장 영역에 속하는 질문들을
살펴보자.

* 십 대 무렵에는 어디서 일을 했나요?
* 지금까지 어떤 직장에서 어떤 일을 해왔나요?
* 그 직장에서 당신은 어떤 역할을 수행하나요?
* 그 일을 얼마나 오랫동안 해왔나요?
* 승진을 한 적이 있나요?
* 직장에서 해고된 적이 있나요? 있다면 그 이유는 무엇인
  가요?
* 직장을 그만둔 적이 있나요? 있다면 그 이유는 무엇인
  가요?
* 직장 동료와의 사이는 어떤가요?
* 상사나 선배와의 사이는 어떤가요?
* 지금 직장의 현재 지위에 대해 어떻게 생각하나요?
* 지금 하는 일을 좋아하나요?

작가를 위한 팁

성인들이 처음 만나는 자리에서 서로에게 묻는 첫 질문은 주
로 "무슨 일을 하세요?" 같은 질문이다. 성인이 되고 나면 대
부분 일을 하며 시간을 보내게 된다. 그 일은 돈을 버는 일일

수도 있고, 전업주부처럼 보수가 없는 일일 수도 있다.

직업은 스스로를 정의하는 방식의 큰 부분을 차지하며, 다른 사람을 이해하는 기준이 되기도 한다. 어떤 사람이 신생아의 심장 이식을 전문으로 하는 의사라는 말을 들으면, 우리는 이 정보를 바탕으로 그 사람의 가치를 평가하게 된다. 분명 아주 똑똑하고 성실하며, 사회에 큰 공헌을 하는 사람일 것이라고 생각할 것이다.

반대로 누군가의 직업이 식당에서 설거지를 하는 것이라는 이야기를 들으면, 우리는 그 사람이 제대로 된 직업을 가지기에 능력이 충분치 않거나 성실하지 않을 것이라고 단정 지어버린다. 이처럼 우리는 어떤 사람이 하는 일을 토대로 그 사람의 가치를 평가한다. 물론 어떤 식으로 평가하는지는 사람에 따라 크게 다를 수 있다. 어떤 이는 누군가 작가라는 이야기를 들었을 때 '와, 정말 예술적인 사람이구나! 하나의 세계를 직접 창조해내는 거잖아. 정말 멋있어'라고 생각할지 모르지만, 어떤 이는 '작가라니, 하루 종일 상상 속 친구들이랑 노닥거리겠네. 온종일 잠옷만 입고 빈둥대는 대신 현실적인 일을 좀 하라고!'라고 생각할 수도 있다.

상담가는 내담자가 직장에서 얼마나 일을 잘 해내는지도 궁금해한다. 지금까지 어떤 일을 해왔는지 이야기를 하는 동안, 한 번도 한 직장에 오래 다닌 적이 없다는 말이 나온다면 상담가의 머릿속에는 빨간 깃발이 떠오를 것이다. 이런 이야기를 들을 때 상담가는 내담자가 다른 사람과 함께 일하는 데 문제가 있는지, 혹시 행동 장애가 있는지, 한 가지 일에 전념할 수 없는 사람인지 궁금해지기 마련이다.

상담가가 내담자의 이력에서 그 사람의 능력과 기술을 읽어낼 수 있다. 장애인과 재활 환자를 전문으로 상대하는 상담가로서 나의 중요한 역할 중 하나는 내담자가 사고나 질병 이전에 어떤 기술과 능력을 가지고 있었는지 파악하고, 내담자가 원래 하던 일을 더 이상 할 수 없게 되어버린 경우 그 기술과 능력을 활용할 수 있는 다른 길을 찾아주는 것이었다. 예를 들어 트럭 운전을 하던 사람이 허리를 다쳐 오랫동안 앉아 있어야 하는 운전을 더 이상 하지 못하게 되었다면 나는 운송 및 물류 분야(트럭의 이동 경로를 계획하는 일)에서 그 사람이 할 수 있는 새로운 일자리를 찾아보려 했다.

인물의 직업은 이야기 안에서 중요한 역할을 수행하기도 하고, 인물이 특정 상황에 처하는 요인이 되기도 한다. 예를 들어 인물이 의사라면 자신의 의학 지식을 이용해 좀비 바이러스가 퍼지는 일을 막으려 노력할 수도 있다. 또한 직업이 무엇인지에 따라 인물의 생활 양식은 굉장히 달라질 수 있다. 스파이로 활동하는 사람과 접수원으로 일하는 사람이 보내는 하루는 사뭇 다를 것이다. 공정하게 말하자면 접수원으로 하루 종일 고객을 상대하는 일도 당연히 나름대로의 고충이 있다.

작가는 독자가 직업에 대해 가지고 있는 기대치를 비틀면서 장난을 칠 수도 있다. 예를 들어 장의사를 진지하고 엄숙한 사람으로 그리는 대신 날카로운 유머 감각을 지닌 사람으로 설정하는 것이다. 아무래도 성격과 직업에는 서로 겹치는 부분이 있다. 특히 자기 직업과 잘 맞는 사람들이 있는데, 이는 본인 성격과 직업이 잘 맞아 떨어지기 때문이다.

이 주제를 다룬 여러 책 중에서도 폴 D. 티거, 바버라 배런, 켈리 티거의 『나에게 꼭 맞는 직업을 찾는 책』에서는 마이어스-브릭스 성격 유형 지표(MBTI, 성격 유형을 판단하는 지표로 이 책의 뒤에서 다시 논의할 것이다)를 이용한 직업 탐색법을 다룬다. 이 책에서 소개하는 MBTI별 직업 목록에서 인물 창작에 필요한 착상을 얻을 수 있다.

✦ 인물의 이력서를 작성해보자. 그간 무슨 일을 해왔는지, 그 역할
을 잘 해냈는지 기록해보자.

✦ 인물은 어떤 기술을 가지고 있는가?

95

✦ 인물은 어떤 직장 상사를 가장 좋아하거나 싫어했는가? 그 이유
는 무엇인가?

✦ 인물은 각각의 회사에서 얼마나 오래 근무했는가? 어떤 직장에서 오래 일했다면 그 이유는 무엇일까? 또 어떤 직장에서 일을 그만 둔 이유는 무엇인가? 실제적인 이유와 인물 본인이 생각하는 이유를 모두 적어보자.

_____

_____

_____

_____

✦ 인물이 가장 좋아했던 일과 싫어했던 일은 무엇인가? 그 이유는 무엇인가?

_____

_____

_____

_____

종합 정리

상담을 위한 준비 면담은 여러 다양한 영역에서 인물을 알아가기 위한 훌륭한 도구이다. 우리의 인물이 각기 다른 질문들에 어떻게 대답할지 생각해보자. 인물이 기꺼이 '말하고자 하는 대답'과 '말하려 하지 않는 대답'을 모두 생각하자.

✦ 질문을 몇 가지 고른 다음 인물을 인터뷰해보자. 혹은 좀 더 색다른 시도를 하고 싶다면 다른 사람에게 질문을 골라 우리를 인터뷰해달라고 부탁해보자. 여기에서 우리는 인물의 시점에서 질문에 대답해야 한다. 중간에 답을 받아 적느라 인터뷰를 멈추지 않도록 인터뷰 장면을 영상으로 기록하는 것도 좋다. 즉흥적으로 대답하도록 한다. 자신이 어떤 말로 대답하는지에 깜짝 놀랄지도 모른다.

5장

한눈에 들어오는
배경 이야기 연대표

대학원에 다닐 무렵, 나는 한 교수님에게 단순하고 직접적인 도구를 한 가지 배웠다. 그리고 상담가로 일하는 동안 새로운 내담자가 찾아올 때마다 거의 매일같이 이 도구를 사용했다. 이 도구는 내담자가 어떤 과거를 거쳐 오늘날의 모습이 되었는지, 인생에서 일어난 각기 다른 사건이 어떤 의미를 지니는지 한눈에 알아볼 수 있게 만들어주었다.

이 도구란 바로 단순한 연대표다. 우선 종이 위에 선을 위에서 아래로 그은 뒤 가장 위쪽에는 '탄생', 가장 아래쪽에는 '오늘'이라고 적는다. 그다음 내담자에게 당신을 더 잘 이해할 수 있도록 이 선을 따라 지금까지 살아오며 겪은 주요 사건들을 목록으로 작성해달라고 부탁하는 것이다. 내담자가 긍정적이라고 생각하는 사건은 선의 왼쪽에, 부정적으로 생각하는 사건은 오른쪽에 적어달라고 한다. 다음의 예는 연대표에서 한

탄생

😒 여동생이 태어남

대학 졸업 😊

😒 아버지가 심장 발작을 일으킴

100

관리직으로 승진 😊

결혼 😊

😒 회사가 새로운
소유주에게 매각됨

아들이 태어남 😊

오늘

사람의 인생이 어떻게 나타나는지를 보여준다.

연대표를 작성하는 데는 여러 가지 목적이 있다. 여기서 상담가가 흥미를 느끼는 부분은 내담자가 자기 인생에서 중요한 이정표라고 생각하는 사건이 아니다. 물론 이 연대표가 많은 사건을 한눈에 알아볼 수 있도록 하는 스냅 사진 역할을 하는 것은 맞지만, 내담자의 삶을 한층 깊이 이해하는 데 더 중요한 것은 바로 내담자가 이 사건들을 인식하는 방식이다.

예를 들어 어떤 사람은 대학 졸업을 주요 사건으로 꼽지만, 어떤 사람은 똑같이 대학을 졸업했어도 이를 주요 사건의 목록에 올리지 않는다. 후자에게 대학에 가는 것은 당연한 일이었기에 졸업 자체가 그리 중요한 사건은 아니었을지도 모른다. 반면 자신이 가족 중 처음으로 대학을 졸업한 사람이라면 졸업이 중대한 사건이 될 수 있다. 혹은 학습 장애를 가진 사람이라면 대학 졸업을 대단한 성취라고 여길 수도 있다.

앞의 예시에서 내담자는 여동생이 태어난 일을 부정적으로 기록했다. 자세한 사정을 묻는다면 이 사람은 여동생이 장애를 가지고 태어나 부모님의 관심과 시간을 완전히 빼앗아갔다는 이야기를 들려줄지도 모른다. 그런 사정이 있다면 여동생을 사랑하는 마음과는 별개로 그와 그의 가족은 경제적으로도, 감정적으로도 많은 스트레스를 받았을 것이다.

또 이 사람은 대학을 졸업하고 직장에 자리 잡은 것과 결혼을 긍정적인 사건이라고 생각한다. 하지만 최근 회사의 소유주가 바뀐 일은 그에게 부정적인 사건이다. 어쩌면 바로 이 문제 때문에 상담이 필요했을지도 모른다. 지금껏 자신의 직장을 항상 긍정적으로 생각해왔지만 상황이 변하면서 가정에까지 문제가 일어나고 있을 수도 있다.

이처럼 연대표는 그 사람이 무엇을 중요하게 생각하는지, 경제적 어려움이나 가족 내 불화 같은 과거의 문제가 현재 그가 직장에 대해 내리는 결정에 어떤 영향을 미치는지를 이해할 수 있도록 돕는다.

예전에 지붕 잇는 일을 하던 젊은이를 상담한 적이 있다. 그는 일을 하다 실수로 뜨거운 타르 위로 넘어졌다. 그런데 타르가 끈적거린 탓에 뜨거운 타르를 재빨리 떼어낼 수가 없었고, 고통에 몸부림치다 안전선을 끊고 지붕 밖으로 달려나갔다. 그는 4층 높이에서 땅으로 떨어졌고, 철제 울타리의 뾰족한 꼬챙이에 몸을 찔렸다.

결국 그는 3도 화상을 입었고 뼈 여러 곳이 골절되는 한편, 비장 파열 같은 내상도 입었다. 내가 이 환자를 만난 건 그가 고통스럽기 짝이 없는 재활 치료를 받던 중이었다. 심지어 설상가상으로 여자 친구가 그의 화상 흉터를 견디지 못하고 곁을 떠났다. 그가 이 사고로 입은 신체적 장애를 평생 안고 살아가야 한다는 건 분명해 보였다. 그가 유일하게 할 줄 아는 일인 지붕 잇는 일을 비롯하여 어떤 육체 노동도 할 수 없는 처지가 된 것이다.

나는 이 젊은이와도 함께 연대표를 만들었다. 그런데 그가 그날의 사고를 왼쪽에 적는 게 아닌가! 인생의 긍정적인 사건으로 꼽은 것이다. 그때 내 머릿속에 처음 떠오른 생각은 '이런, 다른 부상에 더해 머리까지 다쳤구나!'였다. 나는 이유를 물었다. 그는 대답했다. "저는 아직 스물여섯 살밖에 안 됐지만, 이 사고 덕분에 진정한 친구가 누구인지, 누구를 의지할 수 있는지 깨달았거든요. 평생 이런 걸 모르고 사는 사람들도 많을 걸요."

이런 사고를 겪고 이렇게 긍정적으로 표현하는 사람은 과연 어떤 종류의 사람일까? 그가 이 말을 하는 순간, 나는 이 젊은이가 앞으로 잘 살아갈 것이라고 확신했다. 그가 이 사건을 보는 관점을 통해 어떻게 사고를 극복하고 앞으로 나아갈지를 짐작할 수 있었기 때문이다. 물론 그렇다고 해서 그가 남은 인생 동안 힘겨운 시간을 보내지 않을 거라든가 어려움과 마주하지 않을 것이라는 뜻은 아니다. 다만 앞으로 힘겨운 시간이 다시 찾아왔을 때, 이 태도가 크게 도움이 될 것이라고 생각했다는 뜻이다.

만약 그가 소설 속 인물로 현재 어려운 상황에 처해 있다면, 이 배경 이야기는 그가 힘겨운 상황에서 어떻게 행동하는지에 영향을 미칠 것이다. 이 배경 이야기를 알게 된 독자는 그를 다른 시선으로 보게 될 것이다. 그는 참으로 비범한 청년이며, 이런 태도를 지닌 사람의 성공을 응원하지 않기란 참으로 어려운 법이다.

자, 이제 서로 아주 다른 두 인물의 연대표를 살펴보자. 두 예시에서 연대표는 인물의 탄생부터 시작해 현재, 즉 책이 시작하는 지점에서 끝난다. 연대표는 소설에서 일어나는 사건들은 포함하지 않는다.

탄생

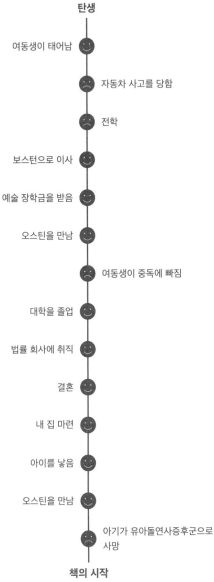

여동생이 태어남

자동차 사고를 당함

전학

보스턴으로 이사

예술 장학금을 받음

오스틴을 만남

여동생이 중독에 빠짐

대학을 졸업

법률 회사에 취직

결혼

내 집 마련

아이를 낳음

오스틴을 만남

아기가 유아돌연사증후군으로 사망

책의 시작

캐서린(로맨스 소설)

이 소설은 캐서린이 오스틴과 이혼하여 파리로 이주한 다음 변호사 일에 대한 혐오와 그림에 대한 애정을 발견하는 여정을 다루고 있을지도 모른다. 우리는 소설 안에서 이 배경 이야기가 어떻게 영향을 미칠지 짐작할 수 있다.

중독에 여동생을 빼앗기고, 유아돌연사증후군 때문에 아이를 잃은 캐서린은 어쩌면 다른 사람과 가까워지기를 주저하게 되었을지도 모른다. 삶은 불공평하다는 생각에 괴로워하는 한편, 자신에게 벌어지는 나쁜 일은 다 자기 잘못 때문이라 여길지도 모른다. 캐서린은 모든 일을 올바르게 해내려 했지만 상황은 나쁜 쪽으로만 흘러왔다. 이 소설에서 캐서린은 자신의 인생에도 열정, 사랑, 색채가 존재한다는 사실을 기억해낼 것이다.

다음은 자만심이 강한 우주 비행사 님가르텐이 성장해 지도자가 되어 전쟁으로 위기에 처한 고국의 국민들을 승리로 이끄는 이야기다. 님가르텐은 자만심이 강하고 오만한 인물로 오해받기 쉽지만, 독자는 배경 이야기를 통해 그가 마음 깊은 곳에 황금의 심장을 가진 사람이라는 사실을 알게 된다.

이 소설에서 님가르텐이 헤쳐나가야 하는 어려움은 어린 시절의 특권 의식을 극복하는 것과, 스승의 죽음으로 큰 충격을 받았다는 사실을 인정하는 것이다. 그 충격으로 이 세상이 돌아가는 이치에 대한 견해가 통째로 흔들릴 정도였다. 한편 독자는 회상 장면과 대화를 통해 님이 비행 학교에서 독창적인 접근 방식을 발휘했으며 더간과 깊은 우정을 맺었다는 사실을 알게 된다. 이제 독자는 님이 어떤 방식으로 전투를 치르고 간발의 차로 승리를 거두게 될지 큰 흥미를 느끼며 읽어나갈 것이다.

탄생

외계 행성에서 태어남

첫 비행기를 선물 받음

부모님의 이혼

비행 아카데미
입학시험에 떨어짐

스타 아카데미에 입학

더간과 짝이 됨

첫 임명을 받음

스승님의 사망

전쟁 발발

책의 시작

님가르텐(SF 소설)

✦ 인물의 연대표를 만들어보자. 가장 위쪽 점은 인물의 탄생이고 가장 아래쪽 점은 이야기가 시작하는 지점이다. 인물에게 무슨 일이 일어났고, 인물은 자신의 인생에서 일어난 주요 사건들을 어떻게 생각하는가?

✦ 가장 위쪽 점이 이야기가 시작하는 지점이며 가장 아래쪽 점이 이야기가 끝나는 지점인 연대표를 만들어 볼 수도 있다. 플롯이 진행되면서 인물에게 일어나는 주요 사건을 표시해보자. 이때 인물이 그 사건을 어떤 식으로 생각하는지에 주목한다. 인물은 그 사건들을 선의 왼쪽에 적을 것인가, 오른쪽에 적을 것인가?

✦ 작성한 연대표를 자세히 검토해보자. 인물에 대해 무엇을 알게 되었는가? 인물이 목록에 넣어야 한다고 생각하는 주요 사건에는 어떤 것이 있는가? 목록에 넣지는 않았지만 작가로서 생각하기에 인물이 지금 모습이 되는 데 중요한 역할을 한 사건이 있는가?

_____

_____

_____

_____

✦ 연대표의 주요 사건들을 자세히 탐구해볼 수도 있다. 사건을 깊이 들여다보는 한 가지 방법은, 인물 시점에서 그 사건이 발생한 날 혹은 그 다음 날의 일기를 써보는 것이다(소설을 1인칭 시점으로 쓰고 있지 않다 해도 상관없다).

_____

_____

_____

_____

_____

_____

✦ 그 사건을 기억할 법한 다른 인물의 시점에서도 일기를 써보자. 제2의 인물은 그 사건을 어떤 식으로 기억하는가? 그 인물의 시점에서 어떤 새로운 견해를 발견할 수 있는가?

_____

_____

_____

_____

_____

✦ 이야기의 적대자나 다른 주요 인물의 연대표도 작성해보자. 과거의 사건들이 인물의 선택과 결정에 어떤 식으로 영향을 미치는가?

_____

_____

_____

_____

_____

6장

작가는 알고
독자는 모르는 것

지금까지 우리는 인물의 배경 이야기를 탐구했다. 그리고 이 배경 이야기가 이야기의 시작점에서 인물이 사람됨에, 인물이 행동하고 선택하는 방식에 어떤 영향을 미치는지 살펴보았다. 그렇다면 이 유용한 정보들을 가지고 이제 무엇을 해야 할까?

어쩌면 지금부터 내가 하는 말을 듣고 기운이 쭉 빠질지도 모르겠다. 사실 이렇게까지 수고를 들이며 생각해내고 세부 사항을 전부 채워넣은 이 모든 배경 이야기는… 그렇다. 원고에 넣지 않을 가능성이 높다. 하지만 배경 이야기를 생각하는 과정이 도움이 된다는 사실은 변함이 없다. 배경 이야기를 잘 알고 있다면, 인물이 어떤 선택을 해야하는 순간 작가는 그 선택의 이유를 이해할 수 있다. 독자가 인물의 자초지종을 일일이 알아야 할 필요는 없지만 작가는 반드시 알고 있어야 한다.

그렇다고 배경 이야기의 어떤 세부 사항이 반드시 플롯

에 중요한 역할을 해야 하는 것은 아니다. 예를 들어 J.K. 롤링은 '해리 포터' 시리즈가 나온 지 한참 뒤에 실은 덤블도어가 동성애자라는 사실을 밝혔다. 그리고 이 사실이 밝혀지자 사람들 사이에는 논쟁이 불거졌다. 어떤 사람은 작가가 정치적 올바름을 따르고자 하는 이유로 굳이 그 사실을 밝히면서 인물을 망쳐놨다 생각했고, 또 어떤 사람은 이 정보를 미리 알았다면 덤블도어에게 더 호감을 가질 수 있었을 텐데, 왜 이야기 안에서 언급되지 않았을까 생각했다. 하지만 덤블도어의 성적 지향이 언급되지 않은 것은 이 사실이 본래 이야기와 전혀 관련이 없었기 때문이다. 하지만 J.K. 롤링이 덤블도어의 성적 지향을 알고 있었다는 사실이 그의 인물상과 작품 속에서 그가 내린 선택에 영향을 미쳤다는 것은 분명하다.

　　독자는 모르는, 작가만이 아는 정보가 있어도 괜찮다. 작가는 이야기의 건축가로서 이야기를 구성하는 온갖 것을 다 알고 있어야 한다. 기반이 충분히 단단한지 확인하기 위해 토양의 구성을 알아야 하고, 어떤 벽 뒤에 무엇이 있는지, 전기 배선이 어떻게 되어 있는지, 욕실 타일에 어떤 종류의 회반죽이 쓰이는지를 전부 알고 있어야만 한다. 하지만 그 집에 살게 될 독자가 이런 걸 일일이 다 알고 있을 필요는 없다. 독자는 그저 콘센트에 전기가 흐를 것이라는 사실을 믿기만 하면 된다. 가끔 작가가 벽지를 벗겨내서 집이 어떻게 지어졌는지 보여줄 수도 있겠지만, 매번 그러지는 않을 것이다. 두려워하지 말자! 인물의 배경 이야기를 만드는 데 들인 시간과 노고는 결코 낭비되지 않는다.

7장

무시무시한 정보 무더기

작가는 고심 끝에 생각해낸 인물의 배경 이야기와 흥미로운 세부 사항에 애정을 품은 나머지, 이 모든 것을 독자와 함께 공유하고 싶어 하는 경향이 있다. 이 경향은 '무시무시한 정보 무더기'라는 결과로 이어지기 쉽다. 특히 절박한 심정으로 독자에게 온갖 것을 알려주려 하는 서두에서 이 함정에 빠질 위험이 크다. 작가는 자기가 아는 모든 정보를 알려주지 않으면 독자가 이야기를 이해하지 못할까 봐 걱정하지만, 정작 독자는 이야기에 관한 정보를 그렇게까지 세세하게 알 필요가 없다. 적어도 이야기의 서두에서는 그렇다. 배경 이야기를 지나치게 많이 늘어놓다 보면 전개 속도를 늦추는 위험을 초래할 뿐이다.

과거로 돌아가 배경 이야기를 할 때마다 이야기는 앞으로 나아가는 흐름을 멈출 수밖에 없다는 사실을 명심하자. 독자가 주인공이 운전대를 잡고 있는 자동차에 타고 있다고 상상해보자. 이 차는 이야기의 목표에 도달하기 위해 고속도로를 따라 빠른 속도로 달리고 있다. 배경 이야기와 관련한 정보를 전달하려고 이야기를 멈추는 건, 독자에게 무언가를 보여준다는 이유로 차를 멈춘 다음 후진시키는 셈이다. 그러고 한참이 지난 다음에야 다시 기어를 드라이브로 바꾸고 여행을 계속하게 된다.

가끔은 차를 멈추고 어떤 정보를 살짝 전달하는 것이 여행 자체를 훨씬 잘 이해하도록 만드는 것도 맞지만, 매번 그런다면 독자는 짜증을 낼 수도 있다. 특정 목적지로 향하는 여행을 기대하고 있는데, 우리의 인물이 좀처럼 그곳으로 향하는 것처럼 보이지 않기 때문이다. 가족끼리 여행을 갈 때 아빠가 자꾸만 차를 세우고 저 역사 유적을 보라고 하거나, 세계에서 가장 큰 털실 공을 보라고 강요하는 사람이었다면 그게 얼마나 짜증나는 일인지 잘 알고 있을 것이다. 특히 우리가 원하는 건 수영장이 딸린 호텔에 도착하는 것이었을 뿐이라면 말이다.

8장

배경 이야기를
언제 넣어야 할까?

이야기 안에 어떤 배경 이야기를 포함시켜야 할지 확신이 서지
않는다면 다음 질문들을 고려해보자.

- 과거에 일어난 사건이 현재 중심 줄거리에서 일어나는 일
  들과 어떻게 연결되는가?
- 플롯을 이해하기 위해 독자가 '반드시' 알아야만 하는 세
  부 사항이 있는가?
- 직접 보여주어야만 독자가 이해할 법한 인물의 범상치 않
  은 과거 사건 속 행동이 있는가?
- 배경 이야기 외에 인물을 움직이는 동기는 어떤 식으로 드
  러나는가?
- 독자는 최소한 얼마만큼의 배경 이야기를 알고 있어야 하
  는가?

✳ 원고에서 배경 이야기를 생략하면 독자가 그 사실을 알아
   차릴 것인가?

그럼에도 여전히 어떤 배경 이야기를 포함시켜야 할지 확
신이 서지 않는다면 네 명에서 여섯 명 정도의 시험 독자에게
원고를 읽어달라고 부탁해보자. 절반에게는 한층 상세한 배경
이야기가 포함된 원고를 주고, 나머지 절반에게는 배경 이야기
가 생략된 원고를 주도록 하자. 다 읽은 뒤에는 인물의 동기를
어떻게 이해하는지(인물이 왜 특정 행동을 하는지 이해되는지), 전
개 속도를 어떻게 생각하는지(흥미가 떨어져 책을 내려놓고 싶은
부분이 있는지)를 물어보자. 두 부류의 시험 독자의 반응을 비교
하면 두 가지 중 어떤 이야기가 더 효과적인지 판단할 수 있을
것이다.

9장

자연스럽게 스토리와 엮기

이야기 안에 어떤 배경 이야기를 넣어야 하는지 알았다면, 이제 다음 단계로 넘어가보자. 이야기 안에 배경 이야기를 엮어 넣는 방법에는 여러 선택지가 있다. 여기서는 가장 많이 사용되는 세 가지 방법을 살펴보자.

대화

가장 손쉬운 방법은 인물들이 과거 사건의 자세하고 내밀한 사정을 서로 털어놓게 만드는 것이다. 예를 들어보자. 조라는 인물이 함께 창문가에 서 있던 가장 친한 친구인 라스를 쳐다본다. 두 사람은 지금 악당에게 쫓기는 중이다. 도망가는 유일한 방법은 창문 밖으로 나가 문턱에 발을 아슬아슬하게 걸친 채

옆 사무실 창문까지 도달하는 것뿐이다. 라스는 이미 창문을 열고 있다. 이때 조가 라스에게 말한다. "지금 고백하기 좋은 타이밍은 아닌데, 사실 나 고소공포증이 있어. 자세히 얘기하자면 길어지지만, 어쨌든 나는 창문으로 나갈 수 없어. 내가 여기서 놈들을 막을 테니 너는 어서 도망쳐."

이 말을 들은 라스는 조 혼자 악당들과 총싸움을 벌이며 결판을 내도록 두고 갈 수도 있고, 곁에 남을 수도 있다. 중요한 건 창문으로 도망치는 게 최선인 상황에서 조가 왜 총싸움에서 이긴다는 실낱 같은 가능성에 희망을 걸고 건물 안에 남는지, 그 이유를 독자에게 이해시키는 것이다. 만약 조가 목숨을 건진다면 독자는 과거에 무슨 일이 있었기에 총알받이가 되는 편을 택했는지 분명 이유를 알고 싶어 할 것이다.

친구와 연인과의 관계를 한층 깊게 만드는 한 가지 방법은 서로에게 나약한 면을 보여주고, 자신에 대한 정보를 공유하는 것이다. 두 인물이 서로를 알아가면서 과거의 사건들을 털어놓는 장면을 쓸 수도 있다. 독자는 당장 그 장면의 중요성을 깨닫지 못할 수도 있지만, 나중에 가서 인물이 어떤 특정 행동이나 선택을 할 때 그 이야기를 떠올리며 인물이 그런 행동을 하는 이유가 무엇인지 알아차리게 될 것이다.

대화로 배경 이야기를 전달하기로 결정했다면 '알다시피 증후군'을 피해야 한다. 알다시피 증후군이란 두 인물이 서로 이미 잘 알고 있는 어떤 사실을 이야기하는 대화를 가리킨다. 이런 대화는 단지 독자에게 그 정보를 알려줄 필요가 있다는 이유만으로 등장한다. 가령 이런 대사가 그러하다.

"브라이언, 너도 알다시피 우리는 쌍둥이인데도 태어나자마자 헤어져서 자랐잖아. 불과 2년 전까지만 해도 서로 만난 적이 없었어." 클래런스가 콧수염을 만지작거리며 말했다.

이 대사가 효과를 발휘하지 못하는 이유는 브라이언도 클래런스와 자신이 쌍둥이라는 사실을 이미 알고 있기 때문이다. 그는 클래런스가 도대체 왜 이제 와서 이런 이야기를 꺼내는지 의아할 것이다. 독자는 이게 정보 무더기 대사라는 사실을 알아차리지 못한다 해도 어딘가 좀 이상하다고 느낄 것이다. 게다가 콧수염을 만지작거리다니, 조금 소름 끼치지 않는가.

알다시피 증후군의 또 다른 변종으로는 '너는 모르겠지만 대화'가 있다. 이 대화에서 인물은 상대에게 그가 모르는 어떤 중대한 정보를 말해준다. 하지만 그 정보를 지금 여기서 굳이 말해야 하는 그 어떤 논리적인 이유도 없다. 고전적인 예로는 악당이 주인공을 묶어놓은 채 선언하는 장면이다.

"여기서 너를 죽일 테지만 그전에 이 세계를 파괴하려는 내 사악한 계획을 전부 털어놓겠어. 그리고 내가 왜 이토록 끔찍한 짓을 벌이는지 이유도 말해줄 작정이야."

그리고 악당은 주인공이 탈출한다면 그의 사악한 계획을 막는 데 필요한 핵심 정보들을 줄줄이 털어놓는다. 독자는 다시 한번 이 대화가 왜 나오는지 어리둥절해하면서도 어딘가 작위적이라고 느낄 것이다. 독자는 작가가 자신을 교묘하게 조종

하려 든다는 사실을 충분히 알아챌 수 있으며, 이런 취급을 그다지 좋아하지도 않는다.

대화로 배경 이야기를 전달할 때는 보통 두 명 혹은 그 이상의 인물이 서로 이야기하는 장면을 떠올리기 마련이다. 하지만 쓰고 있는 작품에 따라 인물이 내적 대화를 하도록 설정할 수도 있다. 내적 독백으로 과거에 일어난 어떤 사건을 떠올릴 수도 있고, 심지어 그 사건에 대해 내적 논쟁을 벌일 수도 있다. 내적 독백은 배경 이야기를 전달하는 가장 흔한 방법 중 하나로 이어진다. 바로 회상 장면이다.

회상 장면

회상flashback이란 어떤 경험이나 만남을 계기로 과거의 생생한 기억이 떠오르는 현상을 가리킨다. 누구나 살면서 이런 경험을 해보았을 것이다. 어떤 일이 일어나는 순간에 즉시 과거의 어떤 사건이 떠오르는 것이다. 그 기억은 좋은 기억일 수도 있고, 나쁜 기억일 수도 있다.

예를 들어 산책을 하다 길모퉁이를 돌았는데, 그곳에 빵집이 있다고 해보자. 따스한 빵 냄새를 맡는 순간, 우리는 갑자기 어린 시절로 돌아간다. 할머니집에 머무는 동안 아침마다 할머니가 신선한 빵을 구워주었다. 이 기억을 떠올리는 순간, 할머니 목소리가 귀에 들리는 듯하다. 또 할머니가 미소 지을 때마다 눈가에 잡히던 주름, 아침에 일어나자마자 걸치던 큼직하고 보풀이 인 남색 실내복이 손에 잡힐 듯 생생하게 눈앞에 떠오른다. 한편 온갖 감정도 되살아날 것이다. 우리는 따스하고 안심되는 기분, 사랑받고 보호받고 있다는 기분에 잠긴다. 할머니 집에서는 누군가 나를 보살펴준다는 것을 진심으로 실감할 수 있었다.

직장에서 무언가에 발이 걸려 막 넘어지려던 참에 누군가가 팔을 잡아주었다면 그 순간 나쁜 기억이 떠오를 수도 있다. 술에 취해 마구 성질을 부리던 아빠의 모습이다. 도망치려 하면 아빠는 팔꿈치를 움켜쥐고 뒤로 확 잡아당겼다. 아빠의 숨결에서 풍기던 시큼털털한 맥주 냄새가 떠오를 수도 있다. 수염으로 덮인 얼굴과 벌겋게 충혈된 두 눈, 나를 때리던 철썩 소리가 아직도 귓가에 남아 있다. 그 순간 생각할 겨를도 없이 본능적인 반응을 보이며 순간 몸을 뒤로 빼거나, 단지 도와주려 했을 뿐인 동료를 확 밀쳐 버릴지도 모른다. 이처럼 회상은 강렬한 감정을 내포할 때가 많기 때문에 작가는 이 점을 이용해 회상을 일으키는 감정과 동기를 독자와 공유할 수 있다.

소설에서 회상 장면이란 이야기를 앞으로 이끄는 서술을 잠시 멈추고 인물이나 작가가 시간을 거슬러 되돌리는 것을 말한다. 지금 무슨 일이 벌어지는지 알려주어 독자의 혼란을 방지하려면 작가는 여기에 회상 장면이 등장한다는 신호를 보내야만 한다. 회상 장면을 알리는 신호로는 한 줄을 띄어 쓸 수도 있고, 전환을 알리는 문장을 넣거나 서체를 변경할 수도 있다. 혹은 이 세 가지를 전부 다 해도 좋다. 린다라는 인물을 예로 한번 살펴보자.

린다는 외투를 입었다. 외투에서는 마치 몇 년 동안 다락방에 처박아두었던 것처럼 케케묵은 곰팡이 냄새가 났다. 그 냄새를 맡자 어렸을 때의 일이 떠올랐다(이게 바로 전환을 알리는 문장이다).

(회상 장면이 등장하기 전에 한 줄 띄운다.) 그리고 (서체를 바꾼다.)

"왜 나는 쇼핑센터에 가서 외투를 살 수 없어?" 린다는 타일을 바른 바닥에 발을 구르며 물었다.

"왜냐하면 우리한테는 새 것을 살 돈이 없거든." 엄마가 지친 한숨을 내쉬며 대답했다. "게다가 여기에 좋은 외투가 이렇게나 많이 있잖니?"

린다는 중고품 가게 안을 둘러보았다. 옷을 너무 빽빽하게 걸어놓은 나머지 어떤 옷이 있는지 제대로 보이지도 않는 지경이었다. 나이 든 노인네 냄새, 딱딱하게 굳은 화장지 냄새, 곰팡이 냄새가 풍겼다. 엄마의 말은 중요하지 않았다. 여기에 좋은 외투 같은 것은 없었다. 더 이상 아무도 원하지 않는 물건들만 있을 뿐이었다. 마치 린다와 엄마처럼.

(회상 장면이 나온 뒤 한 줄을 띄운다.) 그리고 (전환을 알리는 문장을 넣는다.)

린다는 머릿속 장면을 떨쳐내기 위해 고개를 흔들었다. 지금은 중고품 가게에 있지 않고, 외투를 빌리고 싶지 않으면 빌리지 않아도 된다. 부자의 장점 중 한 가지는 하고 싶지 않은 일을 굳이 하지 않아도 된다는 것이다.

평행 시간

평행 시간 구조란 이야기 구조 중 하나로, 현재 벌어지는 사건들과 과거의 인물이 겪었던 사건들을 대조하여 함께 풀어나가는 형식이다. 예를 들면 어린 시절 전쟁을 겪은 인물의 과거와, 노인이 된 인물의 현재를 장을 번갈아가며 교차해 이야기하는 방식이다. 어쩌면 전쟁의 막바지에 일어났던 어떤 사건의 수수께끼가 현재의 시간대에서 해결될 수도 있다. 이 구조를 활용하면 작가는 두 가지 시간대 사이를 오고 가며 이야기를 풀어나갈 수 있다.

평행 시간 구조를 활용하면 아주 독특한 종류의 이야기를 할 수 있다. 또한 이 구조의 이야기에서 배경 이야기는 인물에 그저 살을 붙이는 정도를 넘어 훨씬 더 큰 역할을 수행한다. 과거 사건들은 현재의 중심 줄거리에 결정적이고 중요한 요소로 작용하며, 만일 과거 분량을 모두 잘라내버린다면 이야기 자체가 성립하지 못할 것이다. 그러므로 이런 부류의 이야기 구조는 우리가 쓰는 이야기의 필요에 따라 특정 상황에서만 사용해야 한다.

배경 이야기가 만들어내는
인물의 성격

일단 인물의 배경 이야기를 창작하고 나면 과거의 사건이, 한층 중요하게는 과거 인물이 사건을 해석했던 방식이 현재의 성격에 어떤 영향을 미쳤는지 탐구해볼 수 있다. 인물이 어떤 종류의 성격인지를 결정하다니, 제대로 이해하기 어려운 개념일 수도 있다. 실제로 우리는 '성격'이라는 용어를 어떤 의미로 사용할까? 미국심리학회에서는 성격이라는 용어를 다음과 같이 정의한다.

"개인이 사고하고, 느끼고, 행동하는 특징적인 양식에 나타나는 개별적인 차이점을 가리킨다. 성격 연구에서는 두 가지 폭넓은 영역에 초점을 맞춘다. 그중 하나는 사교성이나 과민성 같은 특정한 성격 특성에서 나타나는 개개인의 차이를 이해하는 영역이며, 다른 한 가지는 개인의 다양한 부분들이 전체로서 어떻게 통합되는지를 이해하는 영역이다."

기본적으로 성격은 우리가 이 세계 안에서 행동하고 상호 작용하는 방식을 의미한다. 여러 심리학 이론에서는 성격 특성을 다섯 가지 범주로 구분한다. 이는 성격을 다섯 가지 기본 차원의 여러 변형으로 설명할 수 있다는 개념이다.

1. 새로운 경험에 대한 개방성

2. 성실성

3. 외향성/내향성

4. 우호성

5. 신경증

이것만 보고도 몇 가지 그럴듯한 착상이 떠오를 수 있다. 하지만 제대로 된 인물을 만들기 위해서라면 인물의 성격을 한층 깊이 파고들어 좀 더 상세하게 살펴보아야 한다. 앞으로 등장할 두 가지 이론, 정서 지능과 마이어스 브릭스 성격 유형 지표 개념을 통해 개인의 성격 차이와 성격이 어떤 식으로 나타나는지의 문제를 좀 더 폭넓은 시야로 탐구해볼 수 있다.

3부

정서 지능
활용하기

11장

정서 지능이란 무엇인가

정서 지능Emotional Intelligence에 대한 연구는 '왜 똑똑한 사람이 어리석은 짓을 저지를까?'라는 의문에서 시작되었으며, 이 의문에서 또 다른 종류의 지능이 존재할 것이라는 가설이 도출되었다. 무슨 말인가 하면 똑똑함에도 여러 가지 방식이 존재한다는 뜻이다. 지금부터 정서 지능의 개념에 대해 알아볼 텐데 우선 IQ와 EQ가 어떻게 다른지부터 알아보자.

지능 지수 Intelligence Quotient

지능, 분석력, 논리력, 추리력을 측정하는 수치. 언어력, 공간 지각력, 시각 기술, 수리력과 관련이 있다. IQ는 대개 웩슬러 성인용 지능검사인 WAISWechsler Adult Intelligence Scale로 측정한다.

지능을 측정하는 방법이 여러 연구를 거쳐 검증되었다는 점을 고려하면, 논리적으로 IQ 검사에서 좋은 점수를 받은 사람이 최고의 성공을 거두어야 한다. 그렇지 않은가? 하지만 생각보다 많은 사람이 머리가 상당히 좋음에도 불구하고 인생에서 끔찍한 선택을 내린다. 다시 말해 IQ가 높으면 똑똑하다는 상식이 매번 통용되는 것은 아니다. 심리 연구자들은 IQ가 성공을 예측하지 못한다면, 인생을 살아가는 방식에 차이를 만드는 다른 무언가가 있어야 한다고 생각했고, 바로 여기서 정서 지능의 개념이 탄생했다.

감성 지수 Emotional Quotient

대처 능력에 영향을 미치는 비인지적 능력, 역량, 기술을 가리키며, 정서 지능은 감정을 인지하고 이해하고 발생시키는 능력을 포함한다. 정서 지능의 개념은 샐러베이Salovey, 메이어Mayer, 바-온Bar-On 같은 연구자에서 시작되었고, 대니얼 골먼이 『EQ 감성지능』을 집필해 대중에게 정서 지능의 개념을 널리 전파했다.

기본적으로 EQ란 자신의 감정을 인지하고 이해하는 능력, 그리고 감정이 선택에 어떤 영향을 미치는지, 주위 사람에게 어떤 영향을 미치는지 인지하고 이해하는 능력을 의미한다. 여기에 더해 단지 감정을 인지하는 데 그치는 것이 아니라, 스트레스를 받는 상황이나, 강렬한 감정을 품은 다른 사람과 상호작용하는 상황에서 자기 감정을 제어하는 능력을 포함한다.

12장

인물을 만들 때 필요한
정서 지능에 대하여

인물의 IQ에 따라 인물이 문제를 해결하는 방식, 다른 사람과 소통하고 교류하는 방식에 차이가 생길 수 있다. 이와 마찬가지로 EQ 또한 인물이 행동하고 반응하는 양식에 영향을 미친다. 한 개인의 내면에는 장점과 약점이 조화를 이루며 존재하는데, 이 장점과 약점은 어떤 상황에서는 인물에게 도움이 되기도 하고, 어떤 상황에서는 인물이 목표를 달성하는 데 방해가 되기도 한다. 인물의 장점과 약점을 잘 알고 이해한다면 이를 활용하여 인물이 좀 더 문제에 휘말리게 만들거나 혹은 문제에서 빠져나오게 만들 수 있다. 또한 다른 인물과의 사이에 현실적인 역학 관계를 창작해낼 수도 있다.

EQ에 관심이 있는 사람들이라면 참고할 만한 자료가 많다. 우선 석사 이상의 상담가나 정신과 의사만이 시행할 수 있는 공식적인 검사 EQi가 있다. 이 검사에서는 정서 지능과 관련된 열다섯 가지 영역에서의 기능을 검사 대상의 자기 보고 방식으로 측정한다. 한편 인터넷에서 찾아볼 수 있는 여러 가지 비공식적인 검사들이 있다. 스스로 정서 지능을 측정해볼 수도 있고, 인물을 한층 깊이 이해하기 위한 방법의 하나로 인물의 입장에서 검사를 받아볼 수 있다.

또한 특정 분야에서의 정서 지능을 다루는 책들도 여러 권 출간되어 있다. 『감성의 리더십』(직장 환경에서의 EQ), 『남자로 성장하라Grow Up: A Man's Guide』(EQ와 남성성), 『정서 지능이 높은 십 대가 되기 위한 여섯 단계Six Steps Toward an Emotionally Intelligent Teenager』(자녀의 십 대를 무사히 넘기기 위해 도움이 되는 EQ) 같은 책들이다. 이런 책들에는 종종 사례 연구를 소개하고 있으므로 이 사례들을 인물 창작에 활용할 수도 있다. 또한 특정 분야에서 문제를 가진 사람이 어떻게 그 문제를 해결할 수 있는지에 대한 요령과 제안을 참고할 수 있다.

아직 연구가 진행되고 있는 주제지만 EQ와 성공 사이에는 상관관계가 있는 것처럼 보인다. EQ가 높은 사람은 학교에서 학업 성취도가 높고, 직장과 대인 관계에서도 높은 성취를 보이는 경향이 있다. 이 말은 곧 작가로서 우리가 EQ의 각기 다른 측면을 활용하여 우리의 인물에게 장점과 약점을 부여할 수 있다는 뜻이다. 이 장점과 약점은 인물이 자신의 목표를 추구하는 과정에서 각기 역할을 수행할 것이다.

한 가지 나쁜 소식이 있다. IQ는 고정된 수치로서, 이 말은 곧 우리가 살면서 더 똑똑해지는 일은 없으며 인물 역시 마찬가지라는 뜻이다. 우리는 새로운 것을 배워나가면서 지식을 쌓을 수 있고 교육을 받을 수 있지만, 우리의 능력은 어쩔 수 없이 한계에 부딪치게 된다.

이를테면 나는 수리 능력이 썩 훌륭하지 못하다. 고등학교 때 대수학 선생님이 이 말을 듣는다면 이 과소평가된 표현에 배를 잡고 웃을 것이다. 나는 석사 수준의 수학 수업을 듣는 동안 항상 수업을 따라가기 위해 고군분투해야 했다(이 말 또한 엄청나게 과소평가된 표현이다). 나는 함께 수업을 듣는 친구들보다 더 열심히 공부했지만 여전히 성적은 시원치 못했다. 내가 수학 분야에서 박사 학위를 따려 했다면 아마도 성공하지 못했을 것이다. 노력이 부족하다든가, 제대로 된 선생님을 못 만났다든가 하는 문제가 아니다. 그저 내 능력에 한계가 있었고 내가 할 수 있는 최선이 거기까지였던 것뿐이다. 인물을 만들어낼 때는 인물이 타고난 지적 능력이 어느 정도인지, 인물이 어느 분야에서 더 성장할 수 있는지를 줄곧 염두에 두는 한편, 인물이 가진 능력의 한도 내에서 인물이 배워나갈 수 있는 여분의 공간이 있다는 사실도 잊지 말아야 한다.

IQ는 나이가 들며 조금씩 낮아지는 경향이 있다. 그렇기 때문에 IQ 검사에서는 나이 기준을 사용한다. 우리의 IQ 점수가 일정하게 유지될 수 있도록 같은 연령대의 사람들과 비교하여 점수를 산출하는 것이다. 나이가 든 사람은 나이가 어린 사람과 비교하여 IQ 검사에서 가산점을 얻는다. 또 한 번의 생일이 다가오는 시점에서 정말 의기소침해지는 이야기가 아닐 수 없다.

한편 EQ는 좀 더 유연한 편이다. 나이를 먹으면서 EQ는 더 높아질 수 있고, 오히려 높아질 가능성이 크다. 자녀를 키워본 부모라면 양육 경험을 통해 어린이와 청소년 시기에 EQ가 계속 발달한다는 사실을 잘 알고 있을 것이다. 인물의 EQ를 설정하고, 이야기가 진행되는 과정에서 인물의 EQ가 어떻게 변화하는지 보여준다면 인물의 성장과 발달을 분명하게 드러내는 한 가지 방법이 될 수 있다.

인물을 창작하기 위한 첫걸음으로 정서 지능의 여러 가지 측면을 고려하고 인물이 각기 다른 영역에서 어떤 특징을 보일지 결정해볼 수 있다. 이제 한발 더 깊게 들어가 정서 지능의 개념에 대해 좀 더 많은 것을 배워보도록 하자.

13장

정서 지능의
열다섯 가지 구성 요소

이제 정서 지능의 열다섯 가지 구성 요소에 대해 알아보고,
인물 창작의 착상에 불을 붙일 만한 주제어들을 살펴보도록
하자.

1. 감정 인지

2. 자기표현

3. 자존감

4. 자아실현

5. 자립심

6. 공감 능력

7. 대인 관계 능력

8. 사회적 책임감

9. 문제 해결 능력

10. 현실 검증 능력

11. 유연성

12. 스트레스 내성

13. 충동 조절 능력

14. 행복

15. 낙관주의

영역별로 인물이 어떤 특징을 보일 것인지 생각해볼 수 있다. 인물의 성격이나 인물의 처한 상황에 따라 더 중요한 영역이 있을 것이다. 물론 영역을 다 고려해볼 필요는 없다. 인물을 창작하고, 이야기 속에서 인물의 궤적을 그려내는 데 필요한 장점과 약점을 구성할 핵심 영역을 적절히 골라내면 된다.

이제 본격적으로 각각의 항목을 하나씩 짚어보자. 작품 속 주인공을 두고 여기에서 제안하는 질문들을 고민해보길 권한다. 등장인물 모두에게 대입해보는 것도 재미있을 것이다. 어떤 질문이 적합하지 않다고 생각되거나, 흥미가 동하지 않는다면 그 질문은 건너뛰고 자유롭게 다음으로 넘어가도 좋다.

작가들을 위한 창작 아카데미의 홈페이지에서 인물 EQ 질문 목록(http://creativeacademyforwriters.com/resources/build-bettercharacters/)을 다운로드 받을 수도 있다.

감정 인지

> 감정 인지란 자신의 기분과 감정을 인지하는 능력, 각기 다른 감정을 분간할 수 있는 능력, 자신이 어떤 기분인지 알고 왜 그런 기분이 들었는지를 파악하는 능력을 의미한다.

우리는 앞서 사람들이 항상 자신의 감정을 인지하고 있는 것은 아니라는 사실을 논의했다. 사람들이 자신의 감정을 당연히 알고 있다고 생각하기 쉽지만 실제로 감정은 서로 혼동될 수 있다. 예를 들어 병원 수술실 밖의 대기실에서 자녀가 수술을 마치고 나오기만을 기다리고 있는 부모라면, 누군가 텔레비전 채널을 바꾸기만 해도 그 사람을 몹시 닦아세울지도 모른다. 그는 자신이 화가 났다고 표현할지도 모르지만, 실은 두려움을 느끼고 있는 것이다. 다른 예로 극단적인 분노에 사로잡힌 사람이 울음을 터트릴 수도 있다. 즉 실제로 느끼는 감정을 다른 감정과 혼동하는 것이다.

감정에는 가치 판단이 수반될 수 있다. 어떤 감정은 부정적인 것으로 여겨지며 그렇기 때문에 어떤 사람은 자신이 그 감정이 아니라 다른 감정을 느낀다고 단정하기도 한다. 특히 어떤 감정이 그 개인이 자신을 규정하는 방식에 위배되는 경우 그러기가 쉽다. 예를 들어 자신을 강하고 남성적인 사람이라 규정하는 사람이라면, 자신이 두려움을 느낀다는 것을 부인하려 할지도 모른다. 두려움을 인정하는 순간 자신의 남성성에 의문이 제기되기 때문이다. 비슷한 예로 자신이 최고의 엄마라고 자부하는 여성의 경우, 자녀를 돌보면서 지치고 짜증이 난다는 사실을 인정하고 싶지 않을 것이다. 그 감정이 좋은 엄마라는 역할에 위배된다고 생각하기 때문이다(그리고 우리 모두는 성별에 대한 이런 전형적인 고정 관념을 버려야 할 때가 되었다고 생각할 것이다).

✦ 자신의 감정을 전혀 인지하지 못하는 것을 1점, 자신의 감정을 정확하게 인지하는 것을 10점이라고 한다면 우리의 인물은 과연 몇 점을 받을 것인가?

_____

_____

_____

_____

✦ 인물이 주로 다른 감정과 혼동하기 쉬운 감정이 있는가? 인물이 혼동하기 쉬운 감정이 있다면 그 감정의 어떤 점 때문에 인물은 그 감정이 일어난다는 사실을 부인하는가? 인물이 그 감정에 대해 가치 판단을 내리는가?

_____

_____

_____

_____

✦ 인물이 자신이 느끼는 감정을 솔직하게 인정하지 못하게 만드는,
　스스로에게 들려주는 이야기가 있는가?

_____

_____

_____

_____

_____

137

✦ 인물은 어떤 강렬한 감정을 느낄 때, 무엇이 그 감정을 일으켰는
　지 분석하고 파악할 수 있는가?

_____

_____

_____

_____

_____

_____

자기표현

자기표현이란 파괴적이지 않은 방식으로 자신의 감정, 소신, 생각을 표현하고, 자신의 권리를 주장하는 능력을 의미한다.

우리는 무슨 말을 듣든, 무슨 짓을 당하든 별다른 말없이 묵묵히 참을 법한 사람을 알고 있다. 반대로 별것 아닌 일에도 툭하면 버럭 성질을 부리는 사람을 알고 있다. 자기표현은 공격성과는 확연히 다르며, 그보다 자신의 소신과 감정을 표현할 줄 아는 능력, 그리고 자기 자신을 지키기 위해 나서는 의지를 의미한다.

어떤 사람은 다양한 주제에 대해 자신만의 강력한 소신을 지니고 있거나 혹은 다른 사람을 어느 정도까지 받아들여야 하는지에 대해 분명한 경계선을 가지고 있다. 한편 어떤 사람들은 누가 자신에게 무슨 짓을 하든 대부분 그저 받아들이지만, 그가 사랑하는 사람, 혹은 그가 소중히 여기는 이상을 공격하려 든다면 그때는 주저 없이 자신의 의견을 주장하고 나선다. 예를 들어 어떤 엄마는 자신은 다른 사람의 학대를 견디면서도 누군가 자신의 자녀를 건드린다면 엄마 곰의 본능을 분출시킬 것이다.

✦ 인물이 그 어떤 일에도 자신의 의견을 내세우지 않는 것을 1점이라고 하고, 자신의 의견을 확고하게 밝힐 줄 아는 것을 10점이라고 한다면 우리의 인물은 과연 몇 점을 받을 것인가?

_____

_____

_____

_____

_____

✦ 인물이 자신의 의견을 주장하지 않는다면 그 이유는 무엇인가? 이런 일이 발생할 때마다 인물은 스스로에게 어떤 이야기를 들려주는가?

_____

_____

_____

_____

_____

✦ 인물이 신경에 거슬려 하지만 굳이 나서서 의견을 표명하지 않는 문제들이 있는가?

_____

_____

_____

_____

_____

✦ 인물이 직접 나서서 의견을 주장하게 만드는 요인은 무엇인가? 인물에게 이것만은 안 된다는 어떤 선이 있는가?

_____

_____

_____

_____

_____

자존감

> 자존감이란 자기 자신을 존중하고 자신을 근본적으로는 좋은 사람이라고 생각할 수 있는 능력, 자신의 긍정적인 특징과 부정적인 특징을 모두 인식하고 있는 것을 의미한다. 자존감이 높은 사람은 자신감이 넘치고, 자신에 대한 확신이 있다.

그 누구도 완전히 선하거나, 완전히 악하지 않다. 우리는 여러 가지 행동의 혼합체이다. 정서 지능에서 자존감이란, 우리가 자신의 좋은 면과 나쁜 면을 전부 잘 알고 있는 상태에서 종합적으로 자신이 꽤 괜찮은 사람이라고 생각할 수 있는 능력이다. 자존감이 높다는 것은 자만심이 강하거나 오만한 것과는 다르며 그보다는 우리가 자기 자신의 사람됨을 마음에 들어 하고 다른 사람 또한 자신을 좋아해야 한다는 확신을 가지고 있는 것이다. 자존감 영역에서 수많은 이들이 양극단으로 치우쳐 어려움을 겪는다. 자기회의와 자기혐오에 빠지는 사람이 있는가 하면, 반대로 자신이 완전히 끝내주는 멋진 사람이라고 생각하는 사람이 있다.

자존감과 관련하여 떠오르는 재미있는 일화가 있다. 어느 날 친구가 남자친구를 어떻게 만나게 되었는지 이야기해준 적이 있다. 그 남자는 친구한테 작업을 걸면서 "지금 당신이 얼마나 아름다운지 아마 모를 거예요"라고 말했다고 한다. 그 말을 들은 친구는 그에게 몸을 돌려 이렇게 대답했다. "아니요, 아주 잘 알고 있다고 생각해요." 나는 이 이야기를 듣고 크게 웃음을 터트리고는 친구의 건강한 자존감에 감탄했다. 어떤 남자라도 (혹은 누구라도) 친구에게 아름답다고 굳이 말해줄 필요가 없다. 그녀 자신이 이미 그 사실을 잘 알고 있기 때문이다.

✦ 형편없는 자아상(완전히 부정적인 자아상이든, 맹목적으로 긍정적인 자아상이든)을 가지고 있는 것을 1점이라고 하고, 긍정적이고 균형 잡힌 자아상을 가지고 있는 것을 10점이라고 한다면 우리의 인물은 과연 몇 점을 받을 것인가?

✦ 인물이 자신의 장점과 약점이라고 생각하는 것은 무엇인가?

✦ 이야기 속에서 주인공이 아닌 다른 인물은 주인공에 대해 어떤 식으로 표현할 것인가? 다른 인물들이 주인공을 10개의 단어로 표현한다면 어떤 말들이 나올지 떠올려보자. 그 단어들 가운데 서로 비슷한 표현이 많은가? 혹은 전혀 상반되는 표현이 많은가?

144

✦ 주인공은 자기 자신을 좋아하는가? 왜 좋아하는가, 혹은 왜 좋아하지 않는가? 만약 주인공이 자기 자신을 좋아하지 않는다면 스스로에 대해 부정적인 방식으로 이야기하는가? 혹은 오히려 반대로 자신 없음을 감추기 위해 허세를 부리는가?

자아실현

자아실현이란 자신의 잠재력을 실현하는 능력을 말하며, 충만하고 의미 있는 삶으로 이끄는 활동들을 실행하는 방식으로 표현된다.

매슬로의 욕구위계를 기억하는가? 욕구위계란 사람들이 우선 생리적 욕구와 안전의 욕구 같은 기본적인 욕구를 충족한 다음에야 존중의 욕구 같은 한층 높은 단계의 욕구를 추구한다는 이론이다. 그리고 그중 최상위 단계에는 자아실현 욕구가 있다. 참으로 슬픈 일이다. 대부분의 사람들은 인생의 태반을 매일매일 발생하는 문제를 해결하며 살아가는 데 급급한 나머지 자아실현을 추구하기 위한 기운도, 시간도 거의 남아 있지 않다. 예컨대 어떤 사람은 저녁으로 팝콘보다 아주 조금이나마 영양가 있는 것을 먹기만 해도 만족해버린다. 하지만 자아실현 영역에서 높은 점수를 기록하는 사람들은 단지 자신의 인생에서 의미 있는 것을 찾는 데 그치지 않고 적극적으로 그것을 추구한다.

잭 니콜슨의 〈이보다 더 좋을 순 없다〉를 비롯해 자아실현을 이루는 과정을 보여주는 수많은 책과 영화가 있다. 이런 작품에서 독자는 인물이 자신의 인생이 진정으로 의미하는 바를 깨닫는 과정을 함께한다.

✦ 인물이 안전 욕구 외에 다른 욕구를 추구하지 않는 것을 1점이라
고 하고, 자신의 인생에 의미를 부여하는 것을 찾고 추구하는 것
을 10점이라고 한다면 우리의 인물은 과연 몇 점을 받을 것인가?

_____

_____

_____

_____

_____

✦ 인물의 인생에 의미를 부여하는 것은 무엇인가?

_____

_____

_____

_____

_____

_____

✦ 인물이 자신의 열정을 추구하는가? 인물은 어떤 열정을 지니고 있으며 왜 추구하는가, 혹은 왜 추구하지 않는가? 인물은 사람들이 자신의 열정을 받아들여야 한다고 믿는가?

_____

_____

_____

✦ 인물의 기본적 욕구(생리적 욕구, 안전 욕구, 건강한 관계에 대한 욕구)가 충족되고 있는가? 만약 인물의 기본적 욕구가 충족된 상태로 이야기가 시작한다고 가정했을 때, 사건들이 발생하면서 이 욕구들이 충족되지 못하게 되거나, 위험에 처한다면 인물은 어떻게 대응할 것인가?

_____

_____

_____

_____

자립심

자립심이란 사고 과정과 행동을 자발적으로 결정하는 능력을 의미한다. 자립심이 있다는 것은 감정적 의존에서 자유롭다는 뜻이다. 자립심에서 높은 점수를 기록하는 사람은 스스로 중요한 일을 계획하고 결정을 내릴 수 있다.

어느 식당에 가야 하는지, 무엇을 주문해야 하는지 스스로 혼자 결정하지 못하는 친구를 본 적이 있는가? "잘 모르겠어. 넌 어디 가고 싶은데?" "어떻게 할까, 너는 뭘 주문할 거야?" 솔직히 무엇을 먹든 별로 신경을 쓰지 않는 사람일 수도 있지만 자신이 잘못된 결정을 내릴까 봐 걱정하고 있을 가능성도 있다. 이런 사람들은 다른 사람의 의견에 기대는 것을 더 마음 편하게 생각한다. 한편 자신의 주체성을 다른 사람의 인정에 의지하는 사람도 있다. 이런 사람은 가장 최근 올린 소셜미디어 게시물이 '좋아요'를 충분히 받지 못한다면 그날 하루 기분을 망치게 된다.

자립심은 외로운 늑대로 있으면서 언제나 자기 멋대로 행동하는 것과는 거리가 멀다. 그보다는 자신의 일을 스스로 선택할 수 있다는 자신감을 가지고 있는 것을 의미한다. 자립심이 있는 사람은 자신이 인생에서 도달하고 싶은 곳이 어디인지 잘 알고 있으며 자신에게 그 목적지에 이르는 여정을 계획하고 실행할 능력이 있다고 확신한다. 이런 사람들은 자기 자신에 대해, 자신이 이룬 성취에 대해(저녁으로 무엇을 먹었는지, 인스타그램에 올린 게시물이 어떤지) 판단을 내릴 때 다른 사람의 인정에 기대지 않는다.

이 영역에서 높은 EQ를 보이는 사람들은 어떤 일에 본능적으로 반응하는 대신 잠시 멈추어 서서 자신의 선택으로 일어날 수 있는 결과를 머릿속에 그려볼 줄 안다. 이들은 머릿속에 가장 먼저 떠오른 생각이 가장 최고의 선택지가 아닐 수 있고, 실제로 자신이 원하는 것과 정반대의 결과가 초래될 수 있다는 사실을 알고 있다. 이들은 각기 다른 선택지의 장점과 단점을 저울질한 끝에 가장 최선이라고 생각하는 결정을 내린다.

✦ 다른 사람이 해결책을 마련해주거나 자신의 결정을 지지해주지 않는다면 어떤 일도 선택할 수가 없다고 생각하는 것을 1점이라고 하고, 스스로 결정을 내릴 능력이 충분하며 더 나은 결정을 내리는 데 도움이 될 법하다고 생각할 때만 다른 사람의 의견을 구하는 것을 10점이라고 한다면 우리의 인물은 과연 몇 점을 받을 것인가?

✦ 우리의 인물은 자신이 내린 결정을 신뢰하는가, 혹은 다른 사람의 의견에 의지하는가? 인물이 다른 사람에게 의지한다면 누구에게 의견을 구하는가? 신뢰하는 친구인가, 혹은 전혀 낯선 사람인가?

✦ 인물이 자기 인생에 대한 결정을 대신 내려달라고 할 만큼 다른 사람들을 신뢰한다면, 그 사람들은 인물을 위해 현명한 결정을 내리는가, 혹은 그 자신을 위한 다른 목적을 가지고 인물에게는 최선이 아닐 수도 있는 결정을 내리는가?

✦ 주인공은 어떤 선택을 하기 전에 잠시 멈추고 생각을 해볼 줄 아는 사람인가?

공감 능력

공감 능력이란 다른 사람의 감정을 인지하고, 이해하고, 인정할 줄 아는 능력을 의미한다. 또한 다른 사람의 감정을 읽고 필요할 때 적절한 관심을 보이는 능력을 의미하기도 한다.

공감 능력에서 높은 점수를 받는 사람들은 다른 사람들도 그들 나름의 어려움과 감정을 갖고 있다는 사실을 이해하며, 굳이 말해주지 않아도 다른 사람의 감정 신호를 알아차릴 수 있다. 한편 그렇게 하지 못하는 사람도 있다. 예를 들어 남편이 집으로 돌아왔는데, 아내가 주방에서 찬장 문을 세게 닫더니, 냄비와 프라이팬을 레인지 위에 쾅하고 내려놓는다고 해보자. 남편은 아내에게 "당신, 괜찮아?"라고 묻는다. 아내는 남편을 쏘아본다. 왼쪽 눈꺼풀이 바르르 떨리고 있다. "괜찮아." 아내가 이를 악물고 대답한다. 남편은 "어, 알겠어"라고 대답하고 주방에서 나와 게임을 시작한다. 나중에 남편은 아내가 왜 자신한테 화가 났는지 이해하지 못해 당혹스러워할 것이다. 그는 아내한테 괜찮은지 '물어봤지 않은가?' 기분이 안 좋았다면 왜 그렇다고 말을 하지 않는단 말인가?

일진이 사나운 날 그 사실을 알아차려주고 말을 걸어주거나, 부탁받지도 않았는데 무언가를 해주는 사람이 주위에 있을지도 모른다. 우리는 바로 이런 사람들을 친구로 두고 싶어 한다. 이들은 다른 사람에 대한 이해심과 배려심을 품고 이 세상을 주유하며, 말하지 않아도 다른 사람의 감정을 읽어낸다.

공감 능력이 뛰어난 사람들은 이 기술을 통해 자신이 친절한 사람으로 보일 수 있다는 사실을 자각하고 있는 한편, 자신이 원하는 것을 손에 넣을 수 있다는 사실도 어느 정도까지는 이해하고 있다. 예를 들어 비행기가 지연되었다고 하자. 피곤에 지치고 어찌할 바를 모르는 항공사 직원 한 사람이 길게 줄을 선 승객들을 상대하고 있다. 사람들은 이 고객 서비스 직원에게 고함을 질러대며 여행 계획이 엉망이 되어 속상한 마음을 토로하고 있다.

공감 능력이 뛰어난 사람은 이 직원에게 가서 비행기가 지연된 것이 직원의 잘못이 아니라는 사실을 잘 알고 있다고 이야기하고, 지금 이 상황이 얼마나 힘겨운지 이해한다고 공감해준다. 만약 다음 비행기에서 좌석을 업그레이드할 수 있는 기회가 있다면 직원이 누구한테 그 기회를 줄 것이라 생각하는가? 직원에게 소리를 질러댄 사람인가, 상황을 이해해주는 듯 보였던 사람인가?

✦ 다른 사람의 내면에서 무슨 일이 벌어지는지 전혀 감을 잡지 못하는 것을 1점이라고 하고, 비언어적 실마리를 토대로 다른 사람의 감정을 읽어내고 해석할 수 있는 것을 10점이라고 한다면 우리의 인물은 과연 몇 점을 받을 것인가?

✦ 인물은 다른 사람에게 자신을 맞추는가?

✦ 인물이 상황을 잘못 파악한다면, 어떤 식으로 오해하는가?

✦ 다른 사람의 감정을 읽는 데 솜씨가 좋다면 인물은 이 능력을 좋은 일을 위해 사용하는가, 혹은 자신이 원하는 것을 손에 넣기 위해 이 능력을 교활한 방식으로 사용하는가?

_____

_____

_____

✦ 다른 사람의 감정을 전혀 눈치 채지 못했다는 사실을 깨닫는 순간 인물은 어떤 기분을 느끼며, 어떤 방식으로 반응하는가?

_____

_____

_____

✦ 인물이 다른 사람의 행동 뒤에 숨은, 비언어적 실마리를 알아채지 못한다는 점을 이용하여 이야기에 어떤 식으로 갈등을 더할 수 있는가?

_____

_____

_____

대인 관계 능력

대인 관계 능력이란 진정한 애정을 기반에 두고, 상호적으로 만족스러운 관계를 수립하고 유지할 수 있는 능력, 그 상대와 함께 있을 때에도 진정한 나 자신으로 있을 수 있는 능력을 의미한다.

한 연구에 따르면 건강한 인간관계(친구와 가족, 공동체를 포함하여)를 유지하는 사람은 전반적으로 자신의 인생을 한층 행복하다고 표현한다고 한다. 한 번이라도 어려운 상황에 처한 적이 있다면 그럴 때 누구를 의지할 수 있는지, 누구를 의지할 수 없는지 금세 알게 되었을 것이다. 누군가에게 도움이 필요할 때 직접 나서 도울 수 있는 사람이 되는 것 또한 보람찬 일이다. 대인 관계 능력에서 좋은 점수를 받는 사람은 인간관계가 상호적이라는 사실, 관계에는 가끔 노력이 필요할 때가 있다는 사실, 도움이 필요한 순간에 다른 사람한테 의지해도 괜찮다는 사실을 잘 알고 있다.

원고를 쓸 때 인물의 주위에 어떤 종류의 사람들이 있는지 알고 있다면 인물이 어떤 자원을 활용할 수 있는지 파악할 수 있다. 한편 인물이 건강한 인간관계를 유지하고 있다면 위기의 순간, 인물을 홀로 고립시키기 위해 작가 내면의 한니발 렉터를 소환하여 인물에게 소중한 이들을 없애버릴 필요가 있을지도 모른다.

수많은 책과 영화에서는 주인공에게 스승 역할을 하는 인물(이 인물은 대부분의 경우 어떤 문제를 해결하기에 주인공보다 한층 적합한 인물이다)이 죽어버리거나, 어떤 사정으로 인해 인물을 돕지 못하게 된다. 반대로 주인공이 건강한 인간관계를 맺지 못하는 경우에는 주인공 주위의 인물들이 목표를 달성하기 위한 주인공의 노력을 고의로 방해하고 나설지도 모른다. 혹은 주인공은 주위에 아무도 없는 외로운 늑대였지만 때로는 의지할 사람이 있는 것이 도움이 될 때가 있다는 사실을 깨닫게 될지도 모른다.

로맨스 소설은 장르 전체가 종국에는 인물들이 건강한 인간관계를 맺게 된다는, 즉 해피 엔딩을 맞는다는 개념에 기반을 두고 있다. 그러므로 해피엔딩으로 끝나지 않는 로맨스 소설은 독자의 분노를 일으킬 것이다. 로맨스 소설 애독자들은 애정 관계가 발전하는 과정을 지켜보고, 주인공이 그 관계를 삶의 일부로 받아들이는 모습을 보기 위해 책을 읽기 때문이다.

✦ 인물이 어떤 식으로든 긍정적인 인간관계를 맺지 못하는 것(남들과 관계를 맺지 않거나, 혹은 그들 자신에게 해로운 관계를 맺는 경우)을 1점이라고 하고, 친구, 가족으로 구성된 튼튼한 지지 기반을 가지고 있으며 이들과 건강한 인간관계를 유지하기 위해 노력하는 것을 10점이라고 한다면 우리의 인물은 과연 몇 점을 받을 것인가?

_____

_____

✦ 인물은 어떤 인간관계를 맺고 있는가(가족이나 친구, 혹은 연인 등)? 이 관계들은 건강한 관계인가?

_____

_____

_____

✦ 인물의 가장 친한 친구의 입장에서 생각해보라. 그 친구는 인물과의 관계를 어떻게 생각하는가?

_____

_____

_____

✦ 인물은 스트레스를 받는 상황에서 다른 사람들을 어떻게 대하는
가? 감정을 쏟아붓고 화풀이를 하는가, 관계를 망가뜨리는가?

_____

_____

_____

✦ 인물은 스스로 자신이 좋은 사람을 만날 자격이 있다고 믿는가?
혹은 마음 깊은 곳에서 자신이 그만한 자격이 없다고 생각하기 때
문에 일부러 관계를 망가뜨리려 하는가?

_____

_____

_____

✦ 이야기의 흥미가 더해가고 갈등이 고조되는 순간, 인물 주위에 있
는 사람들은 어떤 기술로 인물에게 도움을 주는가?

_____

_____

_____

✦ 주인공 주위에 문제를 해결하는 데 주인공보다 더 적합한 인물이 있다면, 주인공이 자신의 문제를 스스로 해결할 수밖에 없게 만들기 위해 이 인물을 어떻게 제거할 수 있는가? (바로 이런 이유로 수많은 청소년 소설의 저자가 주인공의 부모를 죽여 버린다. 부모가 건강하게 살아 있으면서 자녀를 돕는다면 주인공은 문제가 생길 때마다 부모에게 달려갈 것이기 때문이다.)

✦ 인물의 가족 관계도를 그려보자. 혹은 친구 같은 사회적 관계를 보여주는 관계도를 그려보자.

사회적 책임감

> 사회적 책임감이란 하나의 사회적 집단 안에서 협조적인
> 태도로 그 집단에 기여하며, 건설적인 영향을 미치는 일원
> 이 되는 능력을 의미한다. 쉽게 말해 다른 사람과 잘 지낸다
> 는 것을 조금 더 고급스럽게 표현한 것이다. 사회적 책임감
> 은 또한 개인적인 이득이 없을 때에도 책임을 가지고 행동
> 하는 능력을 의미하기도 한다.

우리는 대부분 큰 공동체의 일원으로 속해 있다. 공동체의 예로는 종교 단체, 글쓰기 모임, 뜨개 모임, 사회 정의 구현 단체, 운동 모임 등이 있을 것이다. 공동체의 일원으로 활동한다는 것은 가끔은 우리가 발 벗고 나설 필요가 있다는 뜻이다. 포트럭 파티에 음식을 준비해간다든가, 어떤 모임을 이끄는 역할에 자원한다든가, 어떤 대의를 위해 돈을 기부한다든가, 어떤 행사의 준비 혹은 뒷정리에 자원한다든가 하는 일이다.

어떤 소설에서 대의를 향한 소명은 플롯을 이끄는 주요 동력원이 되기도 한다. 이런 작품에서는 저항을 위한 싸움에 모든 것을 거는 인물이 등장한다. 예를 들어 자신이 표적이 아님에도 남을 괴롭히는 불량배에게 맞서려 하는 청소년 소설의 주인공 같은 인물이다. 어떤 작품에서 주인공이 소설이 진행됨에 따라 마침내 다른 대의를 선택하게 된다면, 이는 그 인물이 성장하고 변화했다는 사실을 독자에게 알려주는 단서가 되기도

한다. 이런 소설에서 중요한 것은 대의 그 자체가 아니라 주인공의 성장이다.

이를 잘 보여주는 예로는 『헝거 게임』이 있다. 이 시리즈의 초반에서 주인공 캣니스의 가장 중요한 목표는 생존이다. 이야기가 진행됨에 따라 캣니스의 관심사는 자기 자신에서 사회 전반으로 옮겨가며 마침내 그는 혁명가가 된다. 만약 단지 자기 생존과 관련된 문제였다면 캣니스는 책 1권의 말미에서 피타를 죽이고 그 빌어먹을 시합에서 승리를 따냈을 것이다. 기꺼이 자신을 희생하려는 마음은 사회적 책임감이 발현되는 극단적인 사례다.

✦ 인물에게 자신이 몸담고 있는 공동체와의 연결 고리가 전혀 없는
   것(혹은 인물이 공동체를 위해 지나치게 많은 것을 희생하는 것)을 1
   점이라고 하고, 인물이 속한 공동체에 적극적으로 참여하는 것(항
   상 직접적인 이득을 얻지 않는다 해도)을 10점이라고 한다면 우리
   의 인물은 과연 몇 점을 받을 것인가?

_____

_____

_____

_____

163

_____

✦ 인물에게 중요한 의미를 지니는 대의는 무엇인가? 이 대의를 추
   구하며 인물은 어떤 위험을 무릅쓰는가? 이 위험을 증대시킬 수
   있는 방법이 있는가? 또한 인물은 특정 대의를 위해 시간이나 돈
   을 투자하는가?

_____

_____

_____

_____

✦ 인물은 누구를 위해, 무엇을 위해 자신의 소망과 욕구를 희생하려
하는가? 그 자신보다 더 중요한 어떤 집단을 돕기 위해 인물은 어
떤 희생까지 감수하려 하는가?

_____

_____

_____

_____

_____

✦ 인물 주위의 사람들은 인물의 희생에 대해 어떻게 생각하는가?
인물의 결정을 지지하는가, 혹은 원망하는가?

_____

_____

_____

_____

_____

_____

문제 해결 능력

문제 해결 능력이란 문제를 파악하고 정의내리는 한편, 문제를 해결할 수 있을 만한 효과적인 해결책을 제시하고 시행할 수 있는 능력을 의미한다.

어떤 문제에 대처하는 것은 여러 단계를 밟아야 하는 작업으로 그중 1단계는 우리가 생각하는 것보다 한층 까다롭기 마련이다. 문제를 해결하기 위해서는 어떤 조치를 취해야 할 문제가 실제로 존재한다는 사실을 우선 인지해야만 한다. 무서운 재난의 한복판에서도 모든 것이 다 괜찮다는 생각을 고수하기 위해 애쓰는 사람이 있는 한편, 일이 제대로 돌아가지 않는다는 사실을 알아차리지만 이 문제를 해결하기 위해 밟아야 할 단계가 있다는 사실을 보지 못하는 사람도 있다.

문제를 해결하기 위한 두 번째 단계는 해결책을 떠올리는 것이다. 그 해결책은 단지 문제에 대한 반응에서 그치지 않고 가능한 선택지를 실제로 저울질한 결과여야 한다.

문제 해결의 마지막 단계는 그 선택을 행동으로 옮기는 것이다. 그리고 행동의 결과를 평가한 다음 다시 그 방법을 시도해야 할지 결정하는 것이다.

소설에서 주인공은 종종 격변의 사건으로 나타나는 어떤 문제와 마주하게 된다. 영웅의 여정 개념과 친숙하다면 수많은 이들이 이 사건에 부딪쳤을 때 문제를 해결한다는 소명을 거부할 것이라는 사실을 알고 있을 것이다. 대부분의 소설에서 주인공은 여러 다른 해결책을 시도해보고 실패한 후에야 마침내 자신 앞에 놓인 난제를 물리치거나 해결하는 데 성공을 거둔다 ('격변의 사건'과 '영웅의 여정' 개념을 더 자세히 알고 싶다면 크리스토퍼 보글러의 『신화, 영웅, 그리고 시나리오 쓰기』나 샌드라 거스의 『첫 문장의 힘』을 참고해도 좋다 ― 옮긴이).

　　독자는 소설에서 주인공이 마주하는 문제들에 흥미를 느끼기 마련이다. 나라면 같은 상황에 처했을 때 어떻게 했을지를 고민하는 것이 인간의 본성이다. 그리고 주인공의 선택에 감탄하든가 혹은 주인공의 어리석음에 고개를 흔드는 것이다. 독자는 책을 읽으며 인물이 궁지에 몰리는 모습을 보고, 그들이 어떻게 그 곤경에서 빠져나올 수 있을지 궁금해하는 과정을 즐긴다.

✦ 인물의 문제 해결 능력이 형편없는 것을 1점이라고 하고, 문제를 인식하고 대응할 수 있는 능력을 갖춘 것을 10점이라고 한다면 우리의 인물은 과연 몇 점을 받을 것인가?

_____

_____

_____

✦ 인물은 어떤 문제와 마주했을 때 어떤 식으로 대응하는가? 주위 다른 사람들이 인물을 문제 해결사라고 묘사하는가?

_____

_____

_____

✦ 인물은 자신에게 해결해야 할 문제가 있다는 사실을 인지하고 있는가? 혹은 그 문제가 자신의 힘으로는 어쩌지 못하는 일이라고 생각하는가?

_____

_____

_____

✦ 인물이 마주한 문제가 그들이 해결할 수 있는 문제가 맞는가? 인물이 문제를 해결할 만한 방도(행동할 수 있는 능력)를 가지고 있는 것이 바람직하다.

_____

_____

✦ 단편을 쓰는 것이 아니라면 인물은 첫 번째 시도에서 문제를 단박에 해결하지 못할 가능성이 높다. 혹은 그 문제를 해결한다 하더라도 그 결과 새로운 문제들이 발생할 것이다. 첫 번째 해결책이 효과를 발휘하지 못할 때 어떤 일이 벌어지는가? 인물의 행동에서 어떤 새로운 문제들이 불거질 수 있는가?

_____

_____

_____

✦ 이야기 안에서 인물이 시도한 해결책이 다른 사람에게 어떤 영향을 미치는가? 그 해결책 때문에 인물에게 소중한 사람 혹은 소중한 무언가가 위험에 빠지도록 만든다면 갈등을 심화시킬 수 있다.

_____

_____

현실 검증 능력

현실 검증 능력이란 자신이 경험한 일과 객관적으로 발생한 일 사이의 연관성을 이해하는 능력을 의미한다. 이 능력은 우리가 우리의 경험과 가치, 견해로 형성된 우리 나름의 렌즈를 통해 세상을 본다는 사실을 이해하는 것이다. 그리고 더 중요하게는 다른 사람이 자신과 같은 방식으로 세상을 보지 않을 수도 있다는 사실을 이해하는 것이다.

이 영역에서 높은 EQ 점수를 받는 사람은 어떤 상황에 대응하기 전 잠시 멈추어 자신의 관점이 이 상황을 해석하는 데 어떤 영향을 미치는지 생각해볼 수 있다. 이 영역에서 낮은 점수를 받는 사람은 감정에 휩쓸린 나머지 잘못된 가정을 하는 경향이 있다. 예를 들어 다른 사람의 행동 뒤에는 항상 나쁜 의도가 숨어 있다고 미리 짐작하는 것이다. 이 능력이 극단적으로 결핍되는 경우로는 정신 건강 질환을 앓는 환자들이 있다. 정신 질환을 앓는 환자는 현실과 자신에게 보이는 환각(시각적 혹은 청각적)의 차이를 구분할 수 없다.

현실 검증 능력은 우리가 지금까지 보아 온 모든 로맨틱 코미디 장르의 토대가 되어 왔다. 주인공은 자신이 애정을 느끼고 있는 상대에게 자신의 감정을 고백할 시간이 되었다고 판단한다. 그들은 설레고 들뜬 마음으로 날듯이 계단을 달려 내려가서는 (헉!) 그 상대가 다른 사람을 껴안고 있는 모습을 보게 된다(눈물 등장!). 주인공은 상대가 단지 자신을 가지고 놀았다는 사실을 깨닫게 되고 상대에게 냉담한 태도를 취한다. 혼란과 오해가 잇달아 이어지며 사태가 우스꽝스러운 지경에 이른다. 그다음 영화 말미에 이르러 중요한 사실이 밝혀진다. 주인공의 연애 상대는 그저 사촌(혹은 다른 무해한 인물)을 위로하고 있었을 뿐이며 사실상 그들은 주인공을 사랑하고 있다(행복한 음악과 함께 크레딧 등장!).

현실 검증 능력은 또한 어떤 종류의 미스터리 혹은 스릴러 소설에서도 활용될 수 있다. 주인공이 무언가를 보고 혹은 알게 된 후 그것에 의미를 부여하지만 나중에 가서야 그것이 전혀 다른, 혹은 정반대의 의미를 지니고 있다는 사실이 밝혀지는 것이다. 이를 이용하여 저자는 독자가 너무 이른 시기에 책의 수수께끼를 밝히지 못하도록 독자의 관심을 다른 곳으로 돌리는 레드헤링('붉은 청어'로 번역되는 레드헤링은 작가가 인물 혹은 독자의 주위를 다른 곳으로 돌리기 위해 사용하는 가짜 실마리를 의미한다 ― 옮긴이)을 만들어낼 수 있다.

사실상 모든 장르의 소설에서는 이야기 안에서 일어난 사건에 대해 인물 혹은 독자가 상황을 오해하고 잘못 해석한 끝에 잘못된 방향으로 나아가게 만들어야 한다. 그래야 플롯이 만들어지기 때문이다.

✦ 인물이 실제의 현실과 자신이 경험한 것 사이의 차이를 분간하지 못하는 것을 1점이라고 하고, 주위의 세계를 인식하는 데 있어 자기 나름의 렌즈를 사용한다는 사실과 그 영향을 이해하는 것을 10점이라고 한다면 우리의 인물은 과연 몇 점을 받을 것인가?

_____

_____

_____

✦ 자신의 주위에서 일어나는 사건들에 대해 인물은 어떤 식으로 생각하는가? 인물의 생각은 옳은가?

_____

_____

_____

✦ 무슨 일이 벌어졌는지 인물 스스로 해석하여 판단을 내린 것인가, 혹은 인물이 진실이 아닌 다른 것을 믿게 하기 위해 상황을 조작하려 드는 다른 이들이 있는가?

_____

_____

✦ 자신의 판단에 입각하여 인물은 어떻게 행동하는가?

_____

_____

_____

✦ 다른 인물이 똑같은 상황을 목격했거나 경험했다면, 그 인물은 그
상황을 어떤 식으로 해석했을 것인가?

_____

_____

_____

✦ 인물은 자신만의 렌즈가 자신이 세상을 보는 관점에 얼마나 영향
을 미치는지를 제대로 파악하고 있는가, 혹은 자기 자신이 완전히
객관적이라고 생각하는가?

_____

_____

_____

유연성

유연성이란 변화하는 상황과 사정에 맞추어 자신의 기분과
생각, 행동을 맞출 수 있는 능력, 필요에 따라 흐름에 몸을
맡길 수 있는 능력을 의미한다.

내 친구 중 하나는 월요일 저녁마다 시간을 비워둔다. 월
요일 저녁은 도서관에 가는 시간이기 때문이다. 월요일마다 친
구는 도서관에 책을 반납하고 그 주에 읽을거리들을 미리 빌려
둔다. 나는 친구한테 다른 날 저녁에도, 심지어 점심시간에도
얼마든지 도서관에 갈 수 있다는 사실을 지적하려 했지만, 친
구의 입장은 확고했다. 월요일은 도서관에 가는 날이다. 나도
책을 읽고 싶다는 사람의 앞을 막고 싶은 마음은 전혀 없다.

내 친구가 보통 사람들보다 좀 더 융통성이 없어보일지
도 모르지만, 진실은 사람들은 다들 판에 박힌 습관을 지키기
를 좋아한다는 것이다. 내 친구의 경우 월요일에 도서관에 가
는 습관은 그의 삶에 잘 맞는다. 여행 중 누군가와 방을 함께 쓸
때 침대의 '내 쪽'에서 자야 한다고 주장하는가? 사무실의 공용
화장실에 갔을 때 누군가 '내 칸'을 쓰고 있다면 다른 칸이 비어
있는데도 짜증이 확 밀려오는가?

인간은 우리의 삶에 일종의 틀을 부여할 수 있도록 특정 습
관들을 만들어나가는 것을 좋아한다. 대부분의 경우 이 틀은
우리 삶에서 효과를 발휘한다. 하지만 이따금 우리가 유연해

져야 하는 순간, 새로운 상황을 맞아 우리의 행동을 변화시켜야 하는 순간들이 있다. 기존의 반응 양식이 더는 효과를 발휘하지 못하기 때문이다. 딱히 자동차 여행 주제나 물 밖에 나온 물고기 주제로 책을 쓰지 않는다 해도 대부분의 소설에서 우리 작가는 인물을 가지각색의 새로운 상황에 던져 넣는다. 인물은 이 새로운 상황과 자신의 인생에 들어올 가능성이 있는 새로운 사람들에 대응해야만 한다. 이런 경우 인물의 유연성은 그들의 성공에 중요한 역할을 한다.

우리의 인물은 자신이 기존에 사용하던 방식이 더 이상 효과가 없다는 사실을 알아차릴 것인가? 혹은 예전의 행동 양식과 신념을 고집스럽게 고수할 것인가? 유연성이란 기본적으로 언제, 어떤 상황에든 적응할 수 있는 능력을 의미한다.

✦ 인물이 상황에 상관없이 전혀 유연하게 굴지 못하는 것을 1점이라고 하고, 자신이 처한 환경과 주위 사람에 따라 유연하게 대응할 수 있는 것을 10점이라고 한다면 우리의 인물은 과연 몇 점을 받을 것인가?

_____

_____

_____

_____

_____

✦ 예상치 못한 상황, 낯선 상황에 인물은 어떻게 대처하는가? 인물은 변화에 대해 어떻게 느끼는가?

_____

_____

_____

_____

_____

✦ 어떤 난제에 대한 해결책이 더 이상 효과가 없다면 인물은 방법을
바꾸어 새로운 해결책을 시도해보려 하는가?

_____

_____

_____

_____

✦ 이야기가 시작되기 전 인물의 인생이, 하루 일과가 어떤 모습을
하고 있었는지, 인물의 일상 세계를 묘사해보라.

_____

_____

_____

_____

_____

스트레스 내성

> 스트레스 내성이란 힘겨운 사건을 겪거나 압박감을 받는 상황에서도 무너지지 않고 건전한 대응 전략을 이용하여 스트레스를 견뎌내는 능력을 의미한다.

전에 다니던 직장에서 한번은 행정실 직원이 비상사태 책임자로 임명된 적이 있었다. 비상사태 책임자란 말 그대로 직장에서 일어날 수 있는 여러 비상사태를 대비하는 책임을 맡은 사람이다. 그녀는 직장 내 구비된 구급상자를 최신식으로 유지하는 한편 폭탄의 위험에서 심장 발작, 화재에 이르기까지 비상사태에 대처하는 방침 및 절차를 정리한 멋드러진 서류철을 마련했다. 이 서류철은 색색의 꼬리표로 정리되어 있었다. 그러던 어느 날 지진이 일어났다. 완전히 당황해버린 그녀는 "다들 밖으로 나가요! 우리 모두 다 죽을 거예요!"라고 비명을 질렀다.

（스포일러 주의!) 아무도 죽지 않았다. 또한 우리는 그녀가 준비 능력이 탁월한 사람이지만 실제의 비상사태에서 침착함을 유지하며 우리를 안전하게 인도할 만한 최적의 인물은 아닐 수 있다는 결론을 내렸다. 한편 이런 임무에 뛰어난 능력을 발휘하는 사람들이 있다. 예를 들어 수련을 받은 의사는 비명을 지르는 환자들과 삑삑거리는 기계들, 이리저리 뛰어다니는 의사와 간호사들로 가득한 정신이 하나도 없는 응급실에서도 한

명의 환자에게 관심을 집중하고 필요한 처치를 침착하게 수행할 수 있다. 한편 어떤 사람들은 자동차 열쇠를 찾지 못하기만 해도 자제력을 잃거나 기말고사를 치르며 위궤양이 생기기도 한다.

우리는 인물을 압박감을 받는 상황으로 던져 넣을 것이다. 그 압박은 좀비로부터 이 세상을 구해야 하는 임무일 수도 있고 케셀 런(스타워즈에서 한 솔로의 우주선이 최단거리로 통과한 위험 지대의 통로이다 — 옮긴이)을 승리의 시간 안에 완주해야 하는 것일 수도 있고, 중요한 시합에서 득점을 하는 것일 수도 있고, 혹은 자신의 사랑을 고백하는 것일 수도 있다. 수많은 소설에서 작가가 만들어내는 상황은 아마도 인물이 살면서 가장 스트레스를 받는 상황일 것이다. 우리는 어떤 압박감을 느끼는 상황에서도 근본적으로 침착함을 유지하며, 폭탄을 분해하면서도 동시에 마티니를 만드는 제임스 본드 같은 인물을 창작할 수도 있다. 하지만 대부분의 인물은 압박감을 받을 때 괴로워하며 이는 성장의 원동력으로 작용한다.

✦ 인물이 압박감을 느끼면 바로 무너져 버리는 것을 1점이라고 하고, 압박감이 심한 상황에서도 침착함을 유지하며 지금 해야 하는 일에 정신을 집중하는 것을 10점이라고 한다면 우리의 인물은 과연 몇 점을 받을 것인가?

✦ 인물은 압박감에 어떻게 대처하는가? 압박감을 받는 상황에서 어떤 행동을 하는가?

✦ 스트레스를 받을 때 인물에게 어떤 신체적인 반응이 나타나는가 (두통, 어깨의 긴장 등)?

✦ 인물은 자신이 통제할 수 없는 상황에 처했을 때 어떻게 그 상황에 대처하는가?

_____

_____

_____

✦ 이야기가 시작되기 전에 인물이 가장 스트레스를 심하게 받았던 사건은 무엇이었는가?

_____

_____

_____

✦ 인물은 어떤 상황을 스트레스받는다고 생각하는가? 예를 들어 어떤 사람들은 화재 같은 급박한 비상사태에는 잘 대처하면서도 누군가 감정적으로 속상해할 때 당황하기도 한다.

_____

_____

_____

충동 조절 능력

충동 조절 능력이란 어떤 행동을 하고 싶은 충동, 욕구, 유혹을 자제하고 지연할 수 있는 능력을 의미한다. 충동적으로 반응할 필요가 없다는 사실을 아는 한편, 그 대신 우리의 선택지와 상황을 저울질한 끝에 최선의 반응을 선택할 수 있는 능력이다.

그 유명한 스탠포드 대학교의 마시멜로 실험에 대해 들어본 적이 있을지 모르겠다. 이 실험에서는 어린이들에게 두 가지 선택권을 주었다. 지금 바로 마시멜로를 한 개 먹거나 혹은 15분 정도 기다린 다음 마시멜로를 두 개 먹는 것이다. 연구원들은 아이들이 결정을 내리도록 혼자 내버려두고 상황을 지켜보았다. 그 결과 어떤 아이들은 눈앞에 놓인 마시멜로의 유혹을 견뎌냈고, 어떤 아이들은 견뎌내지 못했다.

이 연구의 후속 연구에서는 만족을 지연할 수 있었던 아이들이 훗날 더 나은 삶을 살고 있는 것으로 보고되었다. 그 뒤에 이어진 다른 연구에서는 만족 지연 여부가 결정적인 요소가 아니며 다른 요소들이 결과에 더 큰 영향을 미쳤다고 보고하기도 했다. 하지만 충동을 지연할 줄 아는 능력이 성공을 이끄는 요소 중 하나라는 사실에는 이견이 없다.

여기에서 핵심은 스스로 진정할 시간을 벌기 위해, 혹은 좀 더 큰 그림의 목표를 고려하여 어떤 행동을 할지 저울질하기 위해 즉각적인 반응을 미룰 수 있는 능력이다. 충동을 조절하는 데 어려움을 겪는 사람은 온갖 종류의 어려운 상황에 빠질 수 있다. 또한 충동은 어느 영역에서든 나타날 수 있다. 분노 조절, 성 충동, 식이 충동, 도벽 충동, 필요하지도 않은 물건을 사는 충동, 음주 충동 등이다.

현실 세계에서 충동 조절은 박수를 받을 만한 일이지만 작가의 입장에서 인물이 충동 조절을 하지 못한다면 갈등과 문제를 일으킬 훌륭한 기회를 확보한 셈이다. 생각을 하지 않고 행동부터 하고 보는 인물은 다짜고짜 성질을 부리거나 앞일을 생각하지 않고 우선 뛰어들기 마련이므로 이야기 안에서 흥미로운 장면들을 만들어낸다. 인물이 아무 생각 없이 무턱대고 행동하게 만들 필요가 있다면 이 인물이 원래 이런 식으로 행동을 하는 사람이라는 점을 각인시키거나 혹은 평소에는 충동을 잘 참지만 왜 이번만큼은 참지 못했는지 이유를 설명할 수 있어야 한다.

✦ 인물이 어떤 종류든 충동을 전혀 참지 못하는 것을 1점이라고 하고, 인물이 충동을 억제할 수 있고, 행동에 나서기 전에 선택지를 저울질하며, 당장의 보상에 눈이 멀지 않고 장기적인 목표를 염두에 둘 수 있는 것을 10점이라고 한다면 우리의 인물은 과연 몇 점을 받을 것인가?

_____

✦ 화가 났을 때 인물은 어떤 식으로 행동하는가?

_____

_____

183

✦ 인물이 다른 영역보다 특히 충동을 조절하기 어려워하는 영역이 있는가? 예를 들어 따뜻한 쿠키를 외면할 수 있는 한편, 할인하는 구두를 보면 의지의 고삐가 풀리는가?

_____

_____

✦ 인물을 폭발하게 만드는 특정한 감정적인 기폭제가 있는가?

_____

_____

✦ 평소라면 인물이 빠져 버리고 말았을 충동을 미루도록 동기를 부여하는 어떤 장기적인 목표가 있는가? 그 목표는 무엇인가?

_____

_____

_____

✦ 인물은 혼자 있을 때와 다른 사람들 앞에 있을 때 충동에 같은 방식으로 반응하는가?

_____

_____

_____

✦ 인물이 충동 조절을 잘 하지 못했던 청소년 시절을 회상하는 일기를 써보자. 지금에 와서 인물은 그 사건에 대해 어떻게 생각하는가? 지금도 여전히 똑같은 방식으로 반응할 것이라고 생각하는가? 혹은 그 무렵의 자기 자신에 대해 실망하는가?

_____

_____

_____

행복

> 행복이란 자신의 삶에 만족할 줄 아는 능력으로, 자신과 자신이 속한 사회적 환경을 즐겁게 누리며, 재미를 찾을 줄 아는 능력을 의미한다.

작가 그레첸 루빈은 『무조건 행복할 것』에서 어떤 것들이 자신의 행복에 영향을 미치는지 알아내는 1년에 걸친 과업에 도전한다. 저자는 책의 도입부에서 독자에게 한 가지 질문을 던진다. "무엇이 여러분을 행복하게 하는가?" 저자가 알아낸 바에 따르면 우리 중 대다수는 이 질문의 답을 알지 못한다. 우리는 자신을 기쁘게 하는 것이 무엇인지 확신하지 못한 채 무언가를 찾아다니며 방황한다. 심지어 어떤 이들은 행복한 기분이 어떤 것인지조차 확신하지 못한다.

행복하다는 것은 매 순간 기쁨에 넘쳐 행복감을 느낀다는 뜻이 아니다. 현실에서는 어느 누구도 디즈니 영화의 주인공이 될 수 없다. 예를 들어 주위에서 항상 새로운 것만을 추구하는 사람을 본 적이 있을 것이다. 그들은 무언가 새로운 것을 손에 넣을 때(새로운 직장, 이상적인 몸무게, 새 차, 휴가 등) 행복해할 것이다. 하지만 우리는 이런 사람들이 새로운 직장을 구하거나, 마치 꿈처럼 딱 맞는 청바지를 손에 넣는 순간 무언가 다른 새로운 것을 원하게 될 것이라는 사실을 알고 있다.

작가의 입장에서 인물의 행복에 대해 스스로 질문을 던져보자. 인물은 대체적으로 만족스러운 삶을 살고 있는가? 바로 이 영역에서 작가는 스트레스나 갈등을 창작할 수 있다. 예를 들어 주인공이 자신과 정반대 성향의 인물을 상대하게(혹은 연인 관계가 되게) 만드는 것이다. 인물이 대체적으로 행복한 삶을 살고 있었다면 지금 작가가 이야기 안에서(즉 그들의 인생에서) 갈등을 증대시킬 때 인물은 어떤 식으로 반응하는가?

✦ 인물이 대체적으로 자신을 불행하다고 생각하며, 삶의 기쁨을 누리거나 밝은 면을 보는 일을 극단적으로 어려워하는 것을 1점이라고 하고, 무엇이 자신을 행복하게 하는지 잘 알고 있고 설사 안 좋은 상황에서도 긍정적인 면과 웃을 거리를 찾아낼 수 있는 것을 10점이라고 한다면 우리의 인물은 과연 몇 점을 받을 것인가?

✦ 인물은 어디에서 재미를 느끼는가? 무엇을 통해 기쁨을 느끼는가?

✦ 자신의 기분을 북돋기 위해 인물이 주로 하는 행동은 무엇인가(이 행동은 잠시 짬을 내어 차 한 잔을 마시거나 뜨거운 물로 샤워를 하는 것처럼 소소한 일일 때가 많다)?

✦ 인물은 스스로 행복하다고 표현할 것인가? 그렇게 말하는 이유는
무엇인가? 그렇게 말하지 못하는 이유는 무엇인가?

_____

_____

✦ 인물은 행복해지기 위해 다른 이들에게 의지하는가?

_____

_____

✦ 어렵고 힘겨운 상황이 닥칠 때 인물은 그 안에서도 웃을 만한 거
리를 찾아낼 수 있는가? 긍정적인 면을 볼 수 있는가? 그렇지 못
하다면 다른 사람이 이런 식으로 행동할 때 인물은 어떤 반응을
보이는가?

_____

_____

✦ 인물이 지금 행복하지 않다면 지금까지 내내 행복하지 못했는가?
혹은 어떤 일을 겪고 삶에 대한 태도가 바뀌었는가?

_____

_____

낙관주의

낙관주의란 사물의 밝은 면을 볼 줄 아는 능력, 설사 힘겨운 상황과 마주한다 하더라도 긍정적인 태도를 유지할 수 있는 능력을 의미한다. 낙관주의자의 반대는 바로 비관주의자다.

낙관주의는 행복과 여러 면에서 비슷하지만, 기본적으로는 삶을 보는 관점, 삶을 대하는 태도를 가리킨다. 낙관주의는 무슨 일이든 어떻게든 잘 풀려나갈 것이며 우리 인생과 이 세계가 전반적으로 좋은 곳이라는 신념을 가지는 것을 의미한다. 낙관주의는 자신에게 나쁜 일이 일어난다는 사실을 인정하지 못하고 현실의 문제를 부인하는 것이나, 꿈속의 세계에 갇혀 사는 것과는 거리가 멀다. 그보다는 나쁜 일도 얼마든지 좋은 쪽으로 바뀔 수 있으며, 계속 지속되지 않을 것이라 믿는 태도를 의미한다.

어떤 사람은 아주 암울한 상황에서도 이런 태도를 유지하기도 한다. 신경학자이자 정신과 의사였던 빅터 프랭클은 제2차 세계대전 당시 죽음의 수용소에서 살아남았다. 프랭클은 수용소에서도 삶을 긍정적으로 바라보며 삶의 의미를 찾는 태도를 유지하려 노력했고, 그 결과 인간이 겪을 수 있는 가장 혹독한 환경에서도 삶을 지속해야 하는 이유를 찾아낼 수 있었다. 프랭클은 자신의 긍정적인 태도를 인간성이 훼손되지 않고 수용소에서 살아남을 수 있었던 이유 중 하나로 꼽았다. 전쟁이 끝난 후 그는 다른 이들이 이런 견해를 이해할 수 있게 돕기 위해『죽음의 수용소에서』를 집필했다.

　나는 운이 좋게도 두 명의 낙관주의자들과 함께 일을 한다. 그들은 어떤 문제가 생기면 무언가 배울 수 있는 기회라고 여긴다(반면 나는 호들갑스럽게 침대로 몸을 던지고는 인생의 불공평함을 원망하며 엉엉 울음을 터트린다).

　미국에서 최고의 병원으로 손꼽히는 메이요 클리닉에서 수행한 한 연구에서는 개인의 긍정적인 태도가 건강에 유리한 영향을 끼친다는 결론을 도출했다. 긍정적인 태도를 가진 사람은 수명이 길고 우울증 발현 가능성이 낮으며 심장 혈관이 건강하고 감기에 대한 면역력이 높다. 우리는 소설을 쓸 때 인물이 이 세계를 대하는 태도를 염두에 두어야만 한다. 그 태도가 인물의 행동을 이끄는 요인으로 작용하기 때문이다.

✦ 인물이 완전히 비관주의자로 이 세계는 악한 곳이며 더 나아지길 바라는 것은 아무 소용없는 짓이라고 생각하는 것을 1점이라고 하고, 어렵고 힘겨운 상황에서도 낙관적인 태도를 유지하는 것을 10점이라고 한다면 우리의 인물은 과연 몇 점을 받을 것인가?

_____

_____

_____

✦ 인물은 미래에 대한 희망을 품고 있는가?

_____

_____

_____

✦ 인물은 사회와 인간성에 대해 어떻게 생각하는가? 인간이 대체적으로 선하며 믿을 수 있다고 생각하는가?

_____

_____

_____

✦ 과거 이 영역에서 인물의 관점이 바뀐 적이 있다면(어느 쪽으로든)
그 변화를 일으킨 것은 어떤 사건이었는가?

✦ 책 『시크릿』에서는 우리의 소망과 욕구를 이 세계에 피력하고 이
를 요청한다면 우주가 이에 응답할 것이라는 이론을 주장한다. 인
물은 우주에 어떤 것을 요청할 것인가? 인물은 우주가 그의 요청
에 응답하리라고 믿는가?

✦ 많은 낙관주의자는 긍정적인 사고의 힘을 믿는다. 긍정적 사고의 한 가지 공통된 요소로는 긍정 확언이 있다. 긍정 확언이란 우리 두뇌가 어떤 말을 믿도록 훈련하기 위해 우리 자신에게 그 말을 되풀이하여 들려주는(종종 거울을 들여다보면서) 방법이다. 긍정 확언을 실천할 때 우리는 우리 두뇌가 믿을 때까지 부정적인 자기 대화를 새로운 긍정적인 관점으로 대체한다. 긍정 확언에는 다음과 같은 것들이 있다. '나는 영리하며 유능하다.' '나는 신체적으로도, 정서적으로도 강인하다.' '나는 사랑 받을 자격이 있는 사람이다.' 우리 인물은 어떤 긍정 확언을 시험해볼 법한가? 인물이 대체하고 싶어 하는 부정적인 생각은 무엇인가?

14장

정서 지능으로
다채로운 인물 만들기

EQ는 우리의 성격을 형성하는 요소, 즉 사람들을 비롯하여 세계 전반과 교류하고, 삶을 대하는 태도를 결정하는 요소를 다루는 이론이다. 작가로서 우리는 어떤 상황이 주어졌을 때 인물이 어떻게 행동하게 될지 생각해보는 틀로서 정서 지능을 활용할 수 있다. 우리는 인물의 장점을 이용해 인물이 앞으로 나아가게 만들고 인물의 약점을 이용해 이야기 안에 갈등과 어려움을 더할 수 있다.

　예를 들어 우리는 스트레스 내성과 현실 검증 능력, 문제 해결 능력이 극단적으로 뛰어난 인물을 창작할 수 있다. 이 인물은 기술자로, 이 세상의 모든 것들을 처리 가능한 단계로 나누어 해결할 수 있다고 믿는다. 한편 작가로서 우리는 그녀가 낙관주의 분야와 대인 관계 분야에 약점이 있다고 규정할 수 있다. 그리고 이제 우리의 기술자 주인공을 우주함선의 갑판에 내보내자. 지옥문이 열린 듯 재난이 닥친다. 함선은 적에게 공격을 받은 끝에 갑판 몇 곳에서는 중력이 사라졌으며 사람들이 죽어가고 있다. 함장은 우리의 주인공에게 무슨 일이든 하지 않으면 모든 것을 잃고 말 것이라고 고함을 지르고 있다.

이 상황에서 유리한 점은 우리의 주인공이 여전히 침착함을 유지하고 있을 가능성이 높다는 것이다. 주인공은 함장이 자신에게 고함을 지르고 있지만 개인적인 감정이 있어 그러는 것이 아니라는 사실을 이해한다. 주인공은 현재 시행할 수 있는 해결책들을 검토하고 평가한다. 한편 불리한 점은 주인공이 절망감과 맞서 싸우고 있다는 것이다. 그녀는 항상 이런 일이 벌어지지 않을까 하는 걱정을 품고 있었다. 젠장, 바로 지난주만 해도 함장한테 직격탄에 대응할 만큼 트랜스폰더가 충분치 않다고 보고를 하지 않았는가. 주인공은 자신이 지휘하는 기술자 부하들이 자기만큼 능숙하게 우주선을 수리할 수 있으리라 믿지 않기 때문에 모든 일을 혼자 힘으로 해결하려 하고 그 바람에 소중한 시간을 낭비하고 만다. 그녀가 함장을 신뢰한 적이 없기 때문에 그 결과 자신의 수중에 가지고 있는 보급품에 대해 솔직하게 보고하지 않았을 가능성도 있다. 주인공은 자신이 무엇을 가지고 있는지 밝힌다면 관리부의 직원들이 징발에 나서 그녀의 코앞에서 모든 것을 훔쳐가버릴 것이라고 생각하고 있었다.

자, 우리의 기술자는 우주선을 구하고 그 안에 탄 모든 사람의 목숨을 구할 것인가? 상황은 어느 방향으로도 흘러갈 수 있다. 주인공의 장점과 약점은 주인공을 각기 다른 방향으로 밀고 당기는 힘이 될 것이다. 나는 낙관주의자니 그녀와 승무원들이 해피엔딩을 맞았을 것이라 생각한다. 물론 여러분의 관점은 다를 수 있으며, 어젯밤 밤하늘에서 보았던 밝은 빛은 별똥별이었거나… 혹은 그들의 함선이 폭발하며 생긴 빛이었을지도 모른다.

4부

MBTI
활용하기

15장

MBTI로
어떻게 캐릭터를 만들까?

MBTI 검사는 개인이 자신의 행동을 이해하고, 비슷한 상황에서 사람들이 어떻게 각기 다른 방식으로 반응하는지 이해를 돕기 위해 학교와 기관에서 널리 사용하고 있는 유명한 성격 검사 도구이다. 오늘날에 MBTI 검사는 많은 사람에게 친숙해졌고, 사교적 대화에서 자신을 소개하는 말("나는 INFP야.")로 사용될 만큼 문화의 주류로 자리잡았다.

MBTI는 캐서린 쿡 브릭스Katharine Cook Briggs와 그의 딸 이자벨 브릭스 마이어스Isabel Briggs Myers가 인간은 네 가지 주요 심리 기능을 통해 이 세계를 경험한다는 카를 융Carl Jung의 이론에 기반을 두고 함께 만들어낸 검사 방법이다. 네 가지 주요 심리 기능이란 바로 감각과 직관, 감정과 사고다. MBTI 검사는 개개인마다 각자 선호하는 양식을 가지고 있다는 착상에 기반을 두고 있다. 우리가 각 기능에서 어느 쪽을 선호하는지의 경향은 우리가 우리 자신에게 일어난 사건을 보는 관점에 영향을 미치는 한편, 우리의 관심사, 욕구, 가치, 동기를 이끄는 요소이기도 하다. 융은 이 심리 유형이 우리가 오른손잡이인지, 왼손잡이인지의 문제와 비슷하다고 생각했다. 어느 손을 주로 쓰는지는 타고나기도 하지만 살면서 선호하는 손을 선택하기도 한다. 융은 어느 정도는 우리가 이 선호 양식을 생래적으로 타고난다고 믿었다. MBTI 검사는 네 가지 기준에서 각각의 선호 양식을 결정하며 그 결과 개인은 열여섯 가지의 각기 다른 성격 유형으로 구분된다.

과학적 근거를 기준으로 할 때 MBTI 검사는 그 타당성(이 검사가 실제로 이 검사가 측정한다고 주장하는 것을 측정하는지에 대해 문제가 제기되고 있다)과 신뢰도(한 개인의 검사 결과는 언제 그 검사를 하는지에 따라 달라질 수 있다)에 의문이 제기되고 있다. 이런 약점이 있기 때문에 상담가는 주로 다른 종류의 성격 검사를 활용하거나, MBTI 검사를 진단에 근거로 삼기보다는 '내담자를 좀 더 알아가기 위한' 보조 도구로만 활용한다. 하지만 이런 약점에도 MBTI 검사는 개인이 자신이 어떻게 세상을 보고 있는지를 이해하기 위한 수단으로 자주 사용되고 있다. 그리고 작가인 우리에게도 이 도구는 인물 창작에 도움이 되는 수단이 될 수 있다.

이제 선호 양식을 결정하는 네 가지 기준을 각각 살펴보도록 하자.

에너지의 방향: 외향성(E) vs 내향성(I)

사람들은 이 선호 양식의 의미를 종종 오해한다. 외향적인 사람은 정말로 '사람들과 잘 어울리는 사람'을 가리킨다고 생각하고, 내향적인 사람은 '내성적이며 개인주의적인 사람'을 가리킨다고 생각한다. 물론 이런 식으로도 생각할 수 있지만, 외향성과 내향성의 진정한 의미에는 한층 미묘한 차이가 있다.

외향성Extraversion이란 바깥으로 향하고 있다는 뜻이다. 이 말은 곧 외향적인 사람은 바깥 세계와의 교류를 통해 그리고 행동을 통해 에너지를 얻고 자신을 충전한다는 뜻이다.

내향성Introversion은 그 반대이다. 내향적인 사람은 내면으로 향함으로써 자신을 충전한다. 이런 사람들은 다른 사람과 교류할 때 에너지를 소모시키며 다시 에너지를 충전하기 위해서는 혼자만의 조용한 시간이 필요하다. 그렇기 때문에 학회나 여러 모임에서는 사교적이며 친화적으로 행동하지만, 사람을 만나는 일 자체가 피곤하다고 생각하며 모임을 한 다음 일주일 동안 에너지를 모으기 위해 은둔자처럼 생활하는 사람이 있을 수 있다(맞다, 내 이야기다). 그렇다고 해서 내가 다른 사람들과 교류하는 일을 즐기지 않는다는 뜻은 아니다. 사람들과 만나는 일은 아주 즐거울 뿐더러 심지어 나는 대중 앞에서 이야기하는 것을 좋아한다. 다만 '저 바깥'에 나가 활동을 하는 것 자체가 내 에너지를 소모시킬 뿐이다. 진정한 외향형 인간은 그 반대다. 그들은 사회적 교류를 통해 자신의 에너지를 충전한다.

이 두 가지 경향의 차이점은 다음과 같은 방식으로 나타난다.

- 외향형 인간은 행동 지향적이며, 내향형 인간은 사고 지향적이다.
- 외향형 인간은 폭넓은 지식과 영향력을 추구하는 한편, 내향형 인간은 깊이 있는 지식과 영향력을 추구한다.
- 외향형 인간은 타인과 빈번하게 교류하는 것을 좋아하는 한편, 내향형 인간은 좀 더 작은 집단의 사람들과 한층 본질적인 관계를 맺는 것을 좋아한다.

인물의 내적 갈등을 증대시키고 싶다면 인물의 성향과 반대되는 상황에 인물을 던져넣자. 주인공이 어쩔 수 없이 자신과 정반대의 성향인 인물과 팀을 이루어 일을 하거나 혹은 사랑하는 사이가 되도록 만드는 것도 좋다. 분명 충돌이 발생할 것이다.

✦ **인물이 세계를 대하는 태도를 생각해보자. 우리의 인물은 외향적일까 아니면 내향적일까? 다음의 항목들을 고려해보자.**

1. 기나긴 하루를 보내고 난 후 긴장을 풀기 위해 친구들을 만나 시간을 보내고 싶어 하는가(외향형 E), 집으로 돌아가 혼자 와인 한 잔을 마시며 넷플릭스를 보는 것을 더 좋아하는가(내향형 I)?

2. 인물은 온갖 취미에 여기저기 발을 담가 보는가(외향형 E), 혹은 한두 분야에 집중하여 깊게 파고드는 편인가(내향형 I)?

3. 인물에게 다양한 계층에 폭넓은 친구들이 있으며 어떤 행사가 있을 때마다 만날 사람이 있는가(외향형 E), 혹은 몇 안 되는 작은 친구 집단이 있는가(내향형 I)?

4. 인물은 즉석에서 약속을 잡아도 바로 모임에 참석할 수 있다고 생각하는가(외향형 E), 혹은 어떤 모임에 참석하기 위해 '마음의 준비'를 갖출 필요가 있다고 느끼는가(내향형 I)?

✦ **주인공이 외향형인지 내향형인지 결정을 내린 다음, 이 성향이 그리 강하지 않은 것을 1점으로 하고, 이 성향이 아주 강하게 나타나는 것을 10점으로 하여 점수를 매겨보자.**

인식 기능: 감각(S) vs 직관(N)

융은 심리 기능에 두 가지 쌍이 있다고 규정했다. 인식 기능인 감각과 직관, 판단 기능인 사고와 감정이다. 융은 사람들이 이 네 가지 기능을 자신이 처한 상황에 따라 각기 다른 시기에 사용한다는 사실에 주목했다. 한편 우리는 이 중 한 가지 기능을 다른 기능보다 좀 더 자주(그리고 일반적으로 좀 더 능숙하게) 사용하기 마련이다.

그중 감각과 직관은 정보 수집 기능이다. 이 기능은 우리가 어떻게 새로운 정보를 이해하고, 해석하는지 설명한다. 감각Sensing 기능을 선호하는 사람은 자신이 직접 보고, 맛보고, 냄새 맡고, 듣고, 만질 수 있는 정보를 좋아한다. 이들은 구체적이며 증명할 수 있는 것들을 좋아한다. 계획을 세우면서 "그저 그런 예감이 들었거든"이라는 말을 자주 하는 사람치고 감각 기능에서 높은 점수를 받는 사람은 찾아볼 수 없다. 감각 기능에서 높은 점수를 받는 사람은 자료와 스프레드시트를 좋아한다.

직관Intuition을 선호하는 사람들은 자료에는 신경을 좀 덜 쓰는 한편 어떻게 새로운 정보가 이미 알고 있는 정보와 부합하는지에 한층 흥미를 느낀다. 이들은 일반적으로 전후 관계 안에서 사물을 파악하며 특정 양식을 찾으려고 노력한다. 직관형 인간은 오감으로 얻을 수 있는 정보에는 별로 신경을 쓰지 않고 그 자료의 기초가 되는 것을 이해하는 데 좀 더 관심이 있다. 이들은 '자신의 직감에 따르는 깃'을 편인하게 생각한다.

소설을 쓸 때 우리는 인물이 자신이 선호하는 방식으로 정보를 처리하지 못하게 만들거나 혹은 상황을 파악하기 위해 정반대의 접근 방식을 사용하는 사람에게 의지할 수밖에 없게 만들면서 갈등을 증대시킬 수 있다. 인물이 그 자신과는 다른 방식으로 정보를 인식하는 다른 누군가와 교류하게 만든다면 외적 갈등을 증대시킬 수 있고, 인물이 자신이 정보를 인식하는 방식이 과연 효과적인지 의심하게 만든다면 내적 갈등을 증대시킬 수 있다.

✦ **인물이 상황을 인식하는 방식에 대해 생각해보자. 우리의 인물은 감각형일까 아니면 직관형일까? 다음의 항목들을 고려해보자.**

1. 인물이 어떤 문제에 접근할 때 자료와 자신이 진실이라고 알고 있는 사실을 기반으로 상황을 판단하고 선택지를 비교 검토하는 방식을 좋아하는가(감각형 ⑤), 혹은 어떤 결정을 내릴 때 직감에 따르는 것을 더 좋은 방법이라고 생각하는가(직관형 ⓝ)?

2. 인물이 어떤 문제와 부딪쳤다면, 한발 뒤로 물러나 큰 그림에 대해 생각하는가(직관형 ⓝ), 혹은 객관적인 자료를 수집하기 위해 나서는가(감각형 ⑤)?

✦ **인물이 감각에 기대는지, 직관에 기대는지 일단 결정을 내린 다음, 이 성향이 그리 강하지 않은 것을 1점으로 하고, 이 성향이 아주 강하게 나타나는 것을 10점으로 하여 인물의 성향에 점수를 매겨보자.**

판단 기능: 사고(T) vs 감정(F)

자, 이제 결정을 내리는 기능인 판단 기능을 살펴보자. 판단 기능은 사고형과 감정형으로 나뉜다. 판단 기능은 수집한 정보 (감각 혹은 직관을 통해)를 기반으로 판단을 내릴 때 사용되는 기능이다. 사고Thinking에 의지하는 이들은 자료를 분석하고 어떤 선택지가 가장 논리적으로 보이는지를 평가하여 일을 결정한다. 이들은 개인적인 사심이 없는 공정한 방식으로 판단을 내리며 규칙에 따라 행동하는 것을 좋아한다. 사고형 인간은 일관성이 없는 사람을 비논리적이라고 생각하며 이런 사람들과 함께 일을 하거나 교류하기를 어려워한다. 사고형 인간은 무엇보다 진실이 중요하다고 생각하며 그 진실이 누군가의 감정에 상처를 입힐지라도 기꺼이 입 밖에 내려 한다.

감정Feeling에 토대를 둔 접근 방식을 선호하는 사람은 상황을 이해하려고 노력하거나 다른 사람의 관점에서 상황을 보려고 노력하는 방식으로 결정을 내린다. 이를 가치에 기반을 두고 결정을 내린다고 표현할 수도 있다. 이들은 자신의 선택지를 저울질하고 최적의 균형을 이룰 수 있는 해결책을 찾으며 다른 사람들이 그 결단에 동의할 수 있도록 돕는다. 감정형이라는 이름에서 알 수 있듯이, 감정형 인간은 감정이 중요하다고 생각한다. 자기 자신의 감정이든, 다른 사람의 감정이든 마찬가지다.

한 가지 분명하게 짚고 넘어가자면 사고형으로 규정되는 사람이 감정형으로 규정되는 사람에 비해 '사고를 한층 뛰어나게 잘하는' 것은 아니다. 반대로 감정형으로 규정된다 하더라도 사고형으로 규정되는 사람보다 감정을 다루는 데 더 능숙한 것도 아니다. 판단에 사용되는 두 가지 접근 방식은 모두 유용하며 효과가 있다. 이미 짐작하고 있겠지만 어떤 접근 방식을 사용하든 상황에 따라 장단점이 존재할 수밖에 없다. 또한 MBTI가 개인이 어느 쪽으로 치우치는지의 성향을 보여주지만 그렇다고 해서 이 성향이 절대적인 것은 아니라는 사실을 명심할 필요가 있다. 감정을 중요하게 여기고 감정형 인간으로 규정된다 하더라도 사고형 접근 방식으로 문제에 접근할 수 있다는 뜻이다.

소설에서는 결정을 내려야 하는 순간 이를 둘러싸고 갈등을 증폭시킬 수많은 기회가 있다. 어떻게 이 갈등을 최고조로 끌어올릴 수 있을 것인가? 인물의 판단 양식을 주위의 다른 인물과 대비시킬 수 있는가? 인물의 판단 양식이 특정 상황에서 효과를 발휘하지 못하게 만들 수 있는가?

✦ **인물이 결정을 내리는 방식에 대해 생각해보자. 우리의 인물은 사고형일까 아니면 감정형일까? 다음의 항목들을 고려해보자.**

1. 어떤 결정을 내릴 때 장단점을 전부 저울질하는가(사고형 T), 혹은 그들의 결정을 다른 사람들이 어떻게 느끼는지에 중점을 두는가(감정형 F)?

2. 비논리적으로 보이는 사람을 보면 짜증스러워하는가(사고형 T)?

3. 모든 사람의 '동의'를 받는 일이 중요한가(감정형 F)?

4. 차를 구입하는 경우, 자동차 잡지를 샅샅이 분석하고 각 차의 평점을 조사하는가(사고형 T), 혹은 여러 종류의 차를 시승해본 다음 차에 탔을 때 가장 기분이 좋은 차가 무엇인지 판단하는가(감정형 F)?

✦ **인물이 사고형에 속하는지 감정형에 속하는지 일단 결정을 내린 다음, 이 성향이 그리 강하지 않은 것을 1점으로 하고, 이 성향이 아주 강하게 나타나는 것을 10점으로 하여 인물의 성향에 점수를 매겨보자.**

_____

_____

_____

_____

_____

생활 양식: 판단(J) vs 인식(P)

마이어스와 브릭스는 융의 이론에 한 가지 항목을 덧붙였다. 바로 생활 양식 부문으로 여기에서 개인은 판단형, 혹은 인식형으로 구분된다. 이는 우리가 삶에 접근하는 방식을 규정한다. 체계적인 방식인가, 혹은 좀 더 개방적이고 유연한 방식인가.

판단Judging으로 치우치는 사람들은 모든 일이 확정되어 있는 상태를 좋아한다. 이들은 자신의 환경을 스스로 결정하고 선택을 하는 주체가 될 때 평정심을 느낀다. 어떤 상황이 종결되거나 '일을 끝마치는 것'을 좋아하며 체계와 조직을 좋아한다. 예상할 수 있는 방식으로 자신의 목표를 성취하고 싶어 한다. 부정적인 시선으로 본다면 이들은 지나치게 융통성이 없거나 독단적으로 보일 수도 있다.

인식Perceiving으로 치우치는 사람들은 선택지를 열어두는 편을 선호한다. 체계가 잡혀 있을 때 이들은 속박된 기분을 느낀다. 이들은 선택지를 열어둘 수 있을 때 평정을 찾는다. 이들은 호기심이 많고 지식을 확장시키는 데 관심이 있으며 다른 사람들이 각기 다른 방식으로 이 세상을 인식한다는 사실을 한층 너그럽게 받아들이는 경향이 있다. 부정적인 시선으로 본다면 이들은 아무 목적 없이 방황하고 있는 것처럼 보일 수도 있다.

✦ **인물이 어떤 생활 양식을 선호하는지 생각해보자. 우리의 인물은 판단형일까 아니면 인식형일까? 다음의 항목들을 고려해보자.**

1. 여행을 계획할 때 인물은 여행을 가기 전에 미리 보고 싶은 것들을 조사하고 모든 일정을 계획하는 유형인가(판단형 ⑴), 혹은 그저 여행을 떠난 후 무슨 일이 벌어지는지 보는 것을 좋아하는가(인식형 ⑫)?

2. 파티에 참석할 때 인물은 자신이 알고 있는 사람이나 혹은 자신과 비슷한 부류라고 확신하는 사람들과 어울리는가(판단형 ⑴), 혹은 그저 아무 데나 자리를 잡고 앉아 새로운 사람들과 대화를 시작하는가(인식형 ⑫)?

3. 대학에 진학할 때 인물은 학업 일정과 취업 전망, 예상 수입을 고려한 끝에 전공을 결정하는가(판단형 ⑴), 혹은 구미가 당기는 수업을 여러 가지 들어본 다음 나중에서야 어느 분야에 집중할지 결정하는가(인식형 ⑫)?

✦ **인물이 판단형에 속하는지 인식형에 속하는지 일단 결정을 내린 다음, 이 성향이 그리 강하지 않은 것을 1점으로 하고, 이 성향이 아주 강하게 나타나는 것을 10점으로 하여 인물의 성향에 점수를 매겨보자.**

_____

_____

_____

_____

MBTI에 따른 성격 유형

앞서 네 가지 기준에 따라 인물을 평가하고 나면 우리는 각기 다른 기준에 대해 그 인물이 어느 쪽으로 치우치는지를 보여주는 알파벳 네 개로 된 코드를 부여받게 된다. 여기에는 열여섯 가지의 다른 성격 유형이 존재한다. 앞에서 이미 언급했지만 MBTI 검사는 부분적으로 신뢰성이 부족하다는 비판을 받아 왔다. 이 말은 곧 사람들이 인생에서 어떤 시기를 보내고 있는지에 따라, 혹은 어떤 환경에 처해 있는지에 따라 검사 질문에 대답을 다르게 할 수 있다는 뜻이다. 심리학자의 기준을 만족시키기에는 일관성이 부족하다. 하지만 그럼에도 우리는 이 검사를 인물을 창작하는 토대로 활용할 수 있다. 인물을 창작할 때는 그들의 지배적인 유형에 대해서 고려할 뿐만 아니라 인생의 다른 시기에는 어느 유형이었는지, 혹은 현재에서도 다른 상황이라면 어느 유형으로 기울게 되는지를 함께 생각하자.

또한 우리가 창작한 인물의 배경 이야기가 인물의 유형에 영향을 미친다는 사실을 기억하자. 예를 들어 인식형인 인간은 자신에게 닥치는 일을 그 순간마다 대응하는 방식을 좋아할 것이다. 하지만 그런 인물에게 정신적으로 충격을 주는 어떤 사건을 겪게 만든다면, 그는 좀 더 삶의 체계를 갖추는 편이 미래에 닥칠 충격적인 사건을 피하는 데 도움이 될 것이라 생각하여 판단형 행동으로 기울게 될지도 모른다.

✦ 인물의 배경 이야기를 고려하자. 배경 이야기의 사건들이 네 가지
기준에서 나타나는 인물의 선호 양식에 어떤 영향을 미쳤는가?

_____

_____

_____

_____

_____

✦ 인물의 MBTI가 작품의 말미에 이르러서도 똑같이 유지될 것
인가?

_____

_____

_____

_____

_____

✦ 각 주인공별로 MBTI 목록을 작성해보자. 각 유형에 대한 설명을 적고 주인공들이 서로 얼마나 잘 협력하게 될지 생각해보자. 어느 곳에서 주인공들은 서로의 장점과 약점을 보완해줄 것인가? 어느 곳에서 갈등이 비롯될 가능성이 높은가?

_____

_____

_____

_____

_____

213

_____

MBTI는 열여섯 가지의 다른 성격 유형으로 구성된다. 앞서 과제를 성실히 수행했다면 인물의 성격 유형이 무엇인지 파악했을 것이다.

시리즈를 쓰고 있다면 몇 권의 책을 거치는 동안 인물이 어떻게 변화하며 발달할 것인지 생각해둘 필요가 있다. 시리즈의 인물을 창작하고 인물 세부 사항을 포함하여 시리즈 세부 사항을 파악하기 위한 체계를 만들고 싶다면, 크리스털 헌트의 책『시리즈 작가의 전략』을 추천한다.

_____

5부

변화하는
인물

16장

인물은 정지해서는 안 된다

데이비드 보위는 우리가 몸을 돌리고 낯선 변화와 마주할 필요
가 있다고 노래했다. 하지만 진실을 말하자면 우리는 대부분
변화를 좋아하지 않는다. 보위를 무시하려는 것은 아니지만 실
제로 우리는 몸을 돌리고 변화와 마주하지 않는 편을 좋아한
다. 변화는 불편하며 종종 고통스럽기도 하다. 어떻게 할 것이
라고 말하는 것보다 실제로 그 일을 해내는 일이 훨씬 더 어렵
기 마련이다.

사람이 변화하는 일은 왜 그토록 어려운 것일까? 심지어
스스로 변화하고 싶다고 말하는 경우에도 실제로 변화하는 일
은 왜 이리 어려운 것일까?

작가 도널드 마스Donald Maass는 『베스트셀러 소설 쓰기Writing
the Breakout Novel』에서 내가 좋아하는 연습 과제를 소개한다. 나는
이 연습 과제를 배운 이후로 내가 쓴 모든 작품에서 이 연습을

수행해왔다. 마스는 작가에게 인물이 가장 절실하게 원하는 것한 가지를 정한 다음 이를 적도록 한다. 그다음 그 중심 욕망과는 정반대의 욕망을 적도록 한다. 그다음 결정적인 질문이 등장한다. 작가가 답하기 위해서 온갖 종류의 것들을 헤집어봐야하는 질문이다. "어떻게 하면 인물이 이 두 가지 욕망을 동시에원하게 만들 수 있는가?"

도널드의 워크숍에서 이 연습 과제를 처음 수행했을 때 나는 도무지 갈피를 잡지 못했다. 인물이 그들의 주된 목표와 정반대의 것을 원하는 것이 어떻게 가능하단 말인가? 그렇게 되면 주인공은 우유부단한 인물이 되어버리지 않을까? 그러다 나는 현실 세계에서는 이런 일이 줄곧 일어난다는 사실을 깨달았다. 우리는 살을 빼고 싶은 한편, 소파에 앉아 넷플릭스를 보며오레오 한 상자를 아이스크림에 찍어 먹어치우고 싶어 한다(이걸 한번도 먹어 보지 못했다면, 내 말을 믿길 바란다. 천상의 맛이다).법률 회사의 경영 변호사가 되고 싶지만, 또한 지구상에서 가장 멋진 육아 전담 아빠도 되고 싶다. 다른 행성의 침공에서 세상을 구하고 싶지만, 우주 도마뱀 종족에게 목숨을 잃게 될 것이 틀림없는 상황에서 전투기에 올라 비행에 나서기보다는 그저 땅 위에 발을 붙이고 있고 싶다.

대부분의 경우 사람들은 변화하기 위해 무엇을 해야 하는지 모르지는 않는다. 변화하지 못하는 것은 지식이나 정보의부족 때문이 아니다. 말로는 원한다고 하는 그 변화를 이루어내는 과정에 변화를 방해하는 무언가가 있기 때문이다.

상담가로 일할 때 나는 변화에 어려움을 겪는 사람들에게 다음과 같은 예를 들어 설명했다. 우리는 30미터 높이에 매달려 앞뒤로 흔들리고 있는 공중그네를 잡고 있다. 언제까지 공중그네에 매달려 있을 수는 없다는 사실을 잘 알고 있다. 어느 시점에서 우리는 이 그네에서 내려와야 한다. 우리가 원하는 것이 앞으로 나아가는 것이라는 사실도 잘 알고 있다. 그러기 위해서 해야 할 일은 지금 가지고 있는 것(바로 공중그네의 가로대)을 놓아버리고, 공중에서 몸을 돌린 다음 등 뒤에 우리가 잡을 수 있는 또 다른 공중그네가 있다고 믿는 것이다. 그 그네를 잡는다면 우리는 마침내 플랫폼으로 안착할 수 있을 것이다. 바로 믿음의 도약이란 것이다.

내가 서커스 곡예사가 되지 못한 데에는 이유가 있다. 단지 등 뒤에 또 다른 공중그네가 있을 것이라고 '거의 확신'하는 상태에서 지금 완전히 안전하게 느껴지는 가로대를 놓아 버린 다음 30미터 높이에서 몸을 한 바퀴 돌리다니, 생각만 해도 속이 안 좋아진다. 변화는 어렵다. 변화는 무섭다. 변화는 내가 가진 모든 것을 위험에 내거는 도박이 될 수도 있다. 말 그대로 우리 자신의 목숨이 될 수도 있고, 목숨처럼 '여겨지는' 무언가일 수도 있다.

이 변화의 사례를 새장에 갇힌 새에서도 찾아볼 수 있다. 야생에서 새를 포획한 다음 새장에 넣어 두면 수많은 새들이 새장에서 빠져나가기 위해 안간힘을 쓰며 창살에 몸을 부딪치다 죽어 버린다. 계속해서 물과 먹이를 넣어주며 어느 정도 시간이 지나고 나면 대부분의 새들은 자신의 새로운 집을 좋아하게 된다. 그다음 새장 문을 열고 새를 놓아준다 해도 많은 경우

새들은 어느 정도 주위를 날아 돌아다니다가 다시 새장 안으로 돌아온다. 새장은 안전한 장소가 된다. 새가 잘 알고 있는 장소이다. 새장 안에 모든 것이 다 있지는 않지만 먹이가 있고, 물이 있으며, 포식자가 없다.

왜 우리가 새보다 훨씬 더 진화했다고 생각하는가? 어떤 사람이 최소한 편안한 상태에 있다면 그들이 어떤 종류의 변화를 만들도록 설득하기란 생각보다 훨씬 더 어려울 수도 있다. 권태기를 맞은 관계를 계속 유지하거나 별로 좋아하지도 않는 직장(하지만 딱히 싫지도 않단 말이다, 월급도 괜찮게 주고)에 매일같이 출근한 적이 있다면 여러분 역시 새장에 갇힌 것이다.

17장

밀어내기 동기 vs 당기기 동기

상담가는 밀거나 당기는 힘의 결과로서 어떻게 변화가 나타나는지에 대해 자주 이야기한다. 변화를 이루어내는 사람들은 현재 상태에서 다른 어딘가로 밀쳐지거나 당겨지기 때문에 변화하게 된다는 것이다.

예를 들어 내가 여러분을 뉴욕시에서 가장 높은 건물 꼭대기로 데려간다고 상상해보라. 여기에서 우리는 센트럴 파크에서 브루클린 다리에 이르기까지 맨해튼의 전체 풍광을 볼 수 있다. 나는 건물 옥상의 한쪽 끝에서 옆 건물의 옥상까지의 거리가 그리 멀지 않다는 사실을 알려준다. 실제로 건물 사이의 거리는 1.5미터 밖에 되지 않는다. 도움닫기를 한 다음 잘만 된다면 여기에서 옆 건물로 건너뛸 수도 있을 정도이다. 다만 우리는 110층 높이에 있고, 만약 발을 헛디딘다면 바로 추락으로 이어지게 될 뿐이다.

일반적인 사람이라면 건너뛰지 않을 것이다(한편 내가 고등학교에서 이 시나리오를 가지고 수업을 했을 때 한번 해보겠다고 나서는 남자 아이들이 위험할 정도로 많았다). 이 상황에서는 옆 건물로 건너뛰는 행동에서 불거질 위험 부담이 지나치게 크다. 여기에서 변화를 일으키는 동기를 부여하는 한 가지 방법은 여러분의 등을 떠미는 것이다. 등을 떠민다고 해서 견갑골 사이를 세게 밀쳐버린다는 뜻은 아니다. 예를 들면 우리가 서 있는 건물에 불이 났다고 말한다면 어떻게 될까? 계단 통로는 이미 불길에 휩싸였다. 그 말은 곧 걸어서 내려갈 방도가 없다는 뜻이다. 바람이 너무 세차게 불기 때문에 구조헬기가 뜨지 못하며 소방차의 사다리 또한 이 높이까지는 닿지 않는다. 이 말은 곧 우리가 지금 선택을 해야 한다는 뜻이다. 이 건물의 옥상에서 불에 타 죽든지, 혹은 지금 있는 건물에서 저쪽의 건물로 건너뛰는 것이다.

상황이 이렇게 되면 우리는 예전에 우리가 육상 경기에서 꽤 괜찮은 솜씨를 보였다는 사실을 되새길 가능성이 높다. 자 이제 저 멀리부터 도움닫기를 한 다음 도약을 할 것이다. 이것이 바로 밀어내기 동기화다. 목숨이 오가는 위기의 상황은 독자가 이해하기 쉬운 동기로 작용한다. 세계가 멸망하는 상황을 설정한다면(소행성이 충돌한다든가, 외계인이 침공한다든가) 인물이 어떤 위험한 행동을 하더라도 독자는 이 급박한 위기 때문에 인물이 곤경에서 벗어나기 위해, 그리고 자신의 목숨을 구하기 위해 무슨 일이든지 할 수밖에 없다는 것을 이해할 것이다. 계속해서 위기가 고조되어 인물이 현재 상태를 견디기가 점점 어려워진다면 독자는 인물의 변화를, 그 행동을 한층 잘 이해하게 될 것이다.

당기기 동기화는 밀어내기 동기화와 정반대다. 지금 처한 상황을 견딜 수가 없게 만드는 대신 당기기 동기화에서는 우리의 목표 지점에 무언가 아주 매혹적이고, 아주 굉장하고, 너무도 갖고 싶은 무언가를 둔다. 그래서 우리는 이를 손에 넣기 위해 아무리 큰 위험이라도 기꺼이 감수하게 된다. 예를 들어 아까 높은 건물의 옥상으로 다시 돌아가보자. 이번에 나는 반대편 건물 옥상에 백만 달러짜리 출판계약서가 있다고 말할 것이다. 이 건물에서 저 건물로 건너뛰기만 하면 그 계약서는 여러분의 것이 될 수 있다. 모든 사람이 다 그러지는 않을 테지만 우리 중 몇몇은 기꺼이 이 기회를 붙잡으려 할 것이다(만약 반대편 건물 옥상에 베네딕트 컴버배치가 함께 극장에서 영화를 보고 칵테일을 한 잔 마시는 낭만적이고 즐거운 저녁을 보내기 위해 기꺼운 마음으로 기다리고 있다면 다들 뒤로 물러나길 바란다. 내가 먼저 뛰어볼테니 말이다).

당기기 동기화는 로맨스 소설 장르에서 흔하게 찾아볼 수 있다. 인물은 자신의 인생에서 사랑하는 사람이 생긴다는 것이 어떤 기분인지 조금씩 알게 된다. 주인공은 처음에는 사랑을 부인할지도 모르지만, 상대의 거부할 수 없는 매력에 빠진 나머지 상대에게 마음을 내준다는 위험을 기꺼이 감수하려 한다. 인물은 자신이 상대 없이는 살 수 없다는 사실을 깨닫는다. 그리고 우리는 인물이 도심을 가로질러 공항으로 달려가 군중 앞에서 마침내 자신의 사랑을 고백하는 모습을 본다.

밀어내기 동기화나 당기기 동기화를 적용해볼 생각이라면 인물이 지금 어떤 변화를 만들기 위해 큰 위험 부담을 기꺼이 감수하려 할 만큼, 인물이 처한 상황을 충분히 견디기 어렵게 만들 수 있을지 스스로 질문을 던져보자. 또 다른 선택지는 인물이 추구하는 목표를 도저히 저항할 수 없을 만큼 매력적인 것으로 만드는 것이다. 혹은 아예 과감하게 나서서 인물에게 밀어내기 동기와 당기기 동기를 모두 부여할 수도 있다.

18장

목표와 동기,
인물은 왜 그것을 원하는가

이제 목표와 동기의 개념을 이해하는 것이 왜 중요한지 알 수 있을 것이다. 우리는 단지 인물이 원하는 것이 무엇인지뿐만 아니라 인물이 왜 그것을 원하는지 그 이유를 이해해야만 한다. 이 목표를 추구하도록 인물을 움직이는 힘은 무엇인가? 데브라 딕슨Debra Dixon의 『목표와 동기, 그리고 갈등GMC: Goal, Motivation and Conflict』은 목표와 동기에 대해 아주 상세하게 분석하며 이 주제에 대한 아주 훌륭한 자료를 제공하는 작법서다. 특히 이 책에서는 두 인물의 목표 혹은 동기가 서로 상치될 때 종종 갈등이 불거진다는 사실을 강조한다. 이 말은 곧 상대가 그의 목표를 달성하게 된다면 내가 내 목표를 달성하지 못하게 된다는 뜻이다.

　인물이 자신의 목표가 무엇인지 이해하고 있는 것이 중요하다. 여기에서 목표란, 인물이 이야기 안에서 추구하는 사물이나 사람, 혹은 목적이다. 인물은 어쩌면 해소해야 하는 어떤 '욕구'를 품고 있을지도 모른다. 이 욕구는 종종 내면적인 욕구일 때가 많다. 혹은 인물은 자신이 정서적으로 성장해야 할 필요성에 대해서는 알지 못한 채 외부적인 목표를 추구할 수도 있다(중요한 경기에서 승리를 거두거나, 지구를 구하거나, 사랑에 빠지거나, 살인범을 잡는 등). 전형적으로 이야기는 인물이 이 사물, 사람, 목적을 달성하거나, 혹은 달성하지 못하는 순간 결말에 도달한다.

동기는 소설의 핵심 요소로 작용한다. 앞에서 이미 결론지었듯이 변화하기란 끔찍하게 어렵기 때문이다. 인물은 그 목표를 달성하게 되기를 진심으로 갈망할 필요가 있다. 그래야만 다른 사람이라면 금세 포기해버릴 만한 지점에서도 계속해서 그 목표를 달성하기 위해 노력할 것이기 때문이다. 이야기에서 인물을 움직이게 하는 동기란 또한 독자를 움직이는 힘이기도 하다. 어떤 인물이 왜 그 목표를 달성하려 노력하는지 그 이유를 이해할 때, 단지 시합에서 이기는 것만이 중요한 것이 아니라 개인적인 차원에서 이겨야 하는 더 큰 이유가 있다는 사실을 알 때 우리는 그 인물을 응원하는 자기 자신을 발견한다. 인물이 성공을 거두는 순간 우리는 함께 승리감을 맛본다. 그 성공이 얼마나 중요한지 알고 있기 때문이다. 인물이 악당이라 하더라도 그가 설득력 있는 동기를 지니고 있다면 우리는 악당을 이해하고 그들이 왜 악당이 되었는지를 이해할 수 있다. 인물의 동기를 이해하면 한층 깊이 있게 이야기를 읽어나갈 수 있다.

✦ 살아오며 크게 변화할 필요가 있었던 사건이 있었다면 어떤 사건
이었는지 생각해보자. 변화하고 싶은 마음이 들게 만들었던 요인
은 무엇인가? 그 변화를 막고 있던 방해 요소에는 무엇이 있었는
가? 상황이 힘들어질 때도 계속 변화하기 위해 노력했던 이유는
무엇인가?

✦ 인물이 현재 처한 상황을 살펴보라. 어떻게 하면 인물이 자신의
목표를 추구하도록 더 큰 동기를 부여할 수 있는가? 스스로 질문
을 던져보라. "어떻게 하면 상황을 더 안 좋게 만들 수 있는가?"라
는 질문은 갈등을 증대시키는 훌륭한 방법이다.

✦ 인물이 달성하려 노력하는 목표를 살펴보라. 어떻게 하면 이 목표를 달성하는 것을 인물에게 좀 더 뜻깊은 일로 만들 수 있는가? 어떻게 하면 이 목표를 좀 더 가치 있는 것으로 만들어 인물이 이 목표를 한층 갈망하도록, 힘겨운 순간에도 이 목표를 위해 계속해서 노력하도록 만들 수 있는가? 인물이 이 목표를 달성하는 것을 어떻게 하면 '좀 더'중요하게 만들 수 있는가?

19장

소설은 변화에 대한
이야기다

우리는 이야기 궤적, 인물 궤적 같은 용어를 사용하며 변화에 대해 이야기한다. 인물 궤적character arc이란 이야기가 시작되는 시점에 인물이 있던 장소에서 이야기가 끝나는 순간 인물이 이르게 될 장소까지 인물이 이야기 안에서 거쳐야 할 여정을 의미한다.

이야기는 인물의 일상 세계를 슬쩍 들여다보며 시작한다. 독자는 인물이 매일의 일상을 보내는 모습을 지켜본다. 그다음 어떤 일(격변의 사건)이 발생하여 인물의 일상 세계를 뒤엎어버리고 인물이 여정에 나서도록 만든다. 이 여정을 거치는 동안 인물은 다른 사람들과, 그리고 자기 자신과 마주한 끝에 이 세계를 보는 관점을 본질적으로 변화시켜야 한다. 이 변화를 통해 인물은 자신의 최종 목표에 도달할 힘, 혹은 목표에 도달하는 데 필요한 기술을 손에 넣는다. 다음 예들을 살펴보자.

* 인물은 자신의 종족을 승리로 이끌기 위해 지도자의 역할을 떠맡아야만 한다. 이때 인물은 다른 사람에 대한 책임, 대의에 대한 책임에 대해 자신의 관점을 변화시켜야 할지도 모른다. 자기회의를 극복해야 하거나, 타인을 신뢰해야 하거나, 팀으로서 기꺼이 함께 일할 의지를 보이거나, 자신의 결정에 자신감을 가져야만 할 수도 있다.

* 로맨스 소설에서 인물은 이 세계가 고통스러운 장소이며 다른 사람은 인물에게 해를 입히기 위해 존재한다는 견해를 변화시킬 필요가 있을지도 모른다. 인물은 의미 있는 관계를 맺기 위해서는 자기 내면에 있는 장벽을 부수어야만 할 것이다.

* 드라마 소설에서는 인생을 긍정적인 방향으로 이끌기 위해 자신의 중독 문제를 해결해야 하는 주인공이 등장할 수 있다. 힘든 문제가 생길 때마다 인물이 대응하는 방식을 변화시켜야 하며 중독으로 망가진 몸을 회복해야 한다. 또한 인물이 가까이 지내는 사람들을 바꾸어야 할지도 모른다.

종종 인물이 감내해야 하는 변화는 감정적이거나 내면적인 종류의 변화이기도 하다. 작가로서 우리의 과업은 이 변화를 책장 위에서 독자에게 보여주는 것이다. 여기에서 가장 흔한 방식은 내적 독백을 통해 변화를 보여주는 것이다. 내적 독백은 독자가 인물의 마음을 슬쩍 들여다볼 수 있는 기회다. 하지만 이 책을 쓰는 나의 과업은 작가가 어떻게 '내적인' 변화를

'외적인' 방식으로 보여줄 수 있는지 알려주는 것이다.

내가 쓴 책 몇 권이 영화와 TV에서 영상으로 각색될 기회가 있었던 덕분에 나는 책이 어떻게 영상으로 옮겨지는지 그 흥미로운 과정을 지켜볼 수 있었다. 영화에서는 내레이션을 사용하는 대신(영화계 사람들은 내레이션을 질색하는 경향이 있다), 인물의 내면에서 벌어지고 있는 일들을 행동을 통해 보여줄 수 있는 방법을 찾아내야만 한다. 물론 우리는 대화를 통해 이를 보여줄 수 있다. 대화에서 인물은 다른 인물에게 자신이 무슨 생각을 하고 있는지 말할 수 있다. 대화 장면이 효과를 발휘할 수도 있지만, 그럴 경우에도 우리는 무시무시한 S&T(다음 장에서는 자리에 앉아 이야기하기Sitting and Talking에 대해 설명한다)의 위험을 감수해야만 한다.

✦ 읽어본 책이 영화로 각색된 작품을 찾아보고 각본가가 작품을 어떤 식으로 각색했는지 살펴보자. 각본가는 인물의 변화를 보여주기 위해 어떤 방법을 사용했는가?

_____

_____

_____

_____

_____

✦ 쓰고 있는 작품에서 내적 독백이 길게 등장하는 장면을 몇 군데 찾아보자. 그다음 스스로 숙제를 내주자. 인물의 내적 변화를 인물이 무언가 행동을 하는 모습으로 보여줄 수 있는 방법이 있는지 궁리하여 목록으로 작성해보자.

_____

_____

_____

_____

_____

20장

인물이 가만히 말하게만
두지 말 것

S&T는 매번 내 작품을 읽어주는 믿음직한 시험 독자(수상 작가 이자 글쓰기 스승인 조엘 앤서니Joelle Anthony)가 '인물이 자리에 앉 아 이야기를 하고 있다'는 의미로 내 원고의 여백에 휘갈겨 쓰 는 용어이다. 조엘은 인물이 자리에 앉아 이야기하는 장면을 지독하게 싫어하며 이를 반칙이라고 생각한다. 자리에 앉아 이 야기하는 장면은 실제로 우리가 미처 눈치 채기 전에 원고를 조금씩 잠식하기 시작할 수 있다. 원고를 잘 살펴보면 매 장마 다 사람들이 주방 식탁에서 마주 앉아 커피를 마시면서 이야기 를 나누고 있는 모습이 나온다. 한층 과감한 변형에서는 침대 에 누워 이야기를 나누기도 한다. 인물들이 앉아 이야기를 나 누는 것에 본질적으로 잘못된 것은 없다. 사람들은 흔히들 그 러니까. 문제는 인물들이 서로 말을 하고 있는 동안에는 그 인 물들이 어떤 행동을 하는 모습을 보여줄 기회를 놓친다는 것

이다.

　행동에는 몇 가지 장점이 있다. 우리는 행동을 통해 한층 효과적으로 변화를 보여줄 수 있다. 인물이 어떤 행동 혹은 활동을 한다면 단지 변화하고 싶다며 말만 하는 것보다 변화에 대한 열망이 한층 뚜렷하게 드러난다. 다시 말해 어떻게 살을 빼고 싶은지 이야기하는 것은 쉽다. 하지만 운동을 하러 가고 건강한 식단을 요리해서 먹는 모습을 보여준다면 내가 그 말을 믿을 가능성이 높아진다. 진부한 표현대로다. 말하기는 쉬운 법이다.

　행동은 또한 시각적이며 독자가 그 장면을 눈으로 볼 수 있게 해준다. 내면의 생각을 보여주는 사치를 항상 누리기가 어려운 각본가의 입장에서 생각해보자. 관객들은 배우들이 '무언가를 하는 모습'을 보고 싶어 하기 때문에 각본가들은 끊임없이 인물의 감정적인 변화와 동기, 욕망을 행동으로 드러낼 수 있는 방법을 찾는다.

　한편 인물이 하는 행동이나 인물이 그 행동을 하는 장소를 그 장면의 감정 혹은 긴장감을 고조시키기 위한 기회로 삼을 수도 있다. 영화 〈러브 액츄얼리Love Actually〉에서 엠마 톰슨은 극중 남편 역할을 맡은 앨런 릭먼이 바람을 피우고 있다는 사실을 알게 된다. 당연한 결과로 엠마는 크게 상처를 받고 자신이 알게 된 사실에 대해 남편에게 따져 묻는다. 이 장면은 자리에 앉아 이야기하는 장면이 되어버리기 쉬웠을 것이다. 엠마는 주방 식탁에 앉아, 혹은 거실 소파에 앉아 남편에게 바람피운 사실을 추궁할 수도 있었을 것이다. 하지만 이 영화의 각본가들은 다른 선택을 했다.

엠마는 자녀들이 출연한 크리스마스 연극이 끝나고 아이들을 기다리는 동안 남편에게 불륜에 대해 따져 묻는다. 이로써 이 장면의 긴장감이 높아진다. 두 사람은 사람들이 많은 공공장소에 있기 때문에 자신이 하고 싶은 말을 모조리 쏟아낼 수도 없고, 울음을 터트리거나, 소리를 지를 수도 없다. 게다가 두 사람은 화목한 가정을 보여주는 모습들로 둘러싸여 있다. 주위에는 서로의 이름을 부르는 아이들, 미소를 지으며 손을 흔드는 부모들로 가득하다. 앨런 릭먼이 연기한 남편은 그 순간 불현듯 자신이 불륜을 저지르며 어떤 것들을 위험에 처하게 만들었는지 깨닫게 된다. 이 배경과 상황을 통해 이미 커다란 갈등과 깊은 감정을 유발하는 장면은 한층 큰 힘을 얻는다.

지금 쓰고 있는 인물이 세계에 대한 비관적인 관점을 변화시키고, 더 큰 공동체의 일원임을 자각할 필요가 있다고 가정해보자. 그 인물은 이제부터 다르게 행동하게 될 것이다. 다른 사람한테 무슨 일이 있는지 관심을 보이는 한편, 자신에게 벌어지는 일들에 대해 짜증스럽게 생각하는 대신 긍정적으로 생각하려 할 것이다. 다른 사람이 지나갈 수 있도록 문을 잡아줄지도 모른다. 노숙자를 무시하고 지나치는 대신 커피 한 잔을 사 줄 수도 있다. 독자는 이런 일련의 행동을 지켜보며 '아, 이 사람이 이제 다른 사람을 배려하기 시작했구나.'라고 생각하게 된다. 이로써 독자는 책의 결말에 이르러 이 인물이 성취하게 될 더 중대한 변화에 대해 마음의 준비를 갖춘다.

또 다른 예를 살펴보자. 얼마간 아이를 갖기 위해 노력해왔지만 아직 성공을 거두지 못한 부부에 대해 이야기를 쓰고 있다고 가정해보자. 아직 부부는 이 문제에 대해 서로 이야기한 적이 없지만, 아내는 불임 검사를 받아보고 싶어 한다. 이 문제를 단순히 저녁 식사 자리에서 상의하는 대신, 두 사람이 집을 수리하는 작업을 하는 중에 이야기하도록 만들어보자. 집을 수리할 때는 단지 벽지를 뜯어내는 방법을 둘러싸고도 갈등이 일어날 수 있다. 이 논쟁은 사실상 '진짜' 문제, 즉 불임 문제의 대체재에 불과하다. 남편은 벽지를 억지로 떼어내기보다는 자연스럽게 시간에 맡기자고 말할 수 있지만, 실제로 벽지 문제만을 의미한 것은 아닐 것이다. 집을 새로 수리하여 정말 우리 집으로 꾸미자는 생각은 또한 그 집에 살게 될 가족을 만들고 싶은 욕망으로 이어질 수 있다. 작가 입장에서는 주제와 관련된 논점들을 엮어 넣고 갈등을 증대시킬 수 있는 수많은 기회가 있는 셈이다. 또한 그 대화가 벌어지는 동안 독자를 위해 시각적으로 볼 만한 흥미로운 장면을 펼쳐내는 한편 인물에게는 무언가 상호작용할 수 있는 일을 만들어 줄 수 있다.

✦ 이야기가 진행되면서 인물은 무엇을 변화시켜야 할 필요가 있는
가? 그 변화는 인물이 이 세계와 타인, 자기 자신을 보는 관점에
어떤 영향을 미칠 것인가?

✦ 지금 쓰고 있는 작품에 자리에 앉아 이야기하는 장면이 얼마나 많
이 등장하는가? 인물들이 행동을 하게 만들 수 있는 방법이 있는
가? 기본적으로 똑같은 대화를 하더라도 어떻게 하면 행동을 이
용하여 그 장면을 좀 더 강렬하게 만들 수 있는가?

21장

변화하는 인물이
거쳐야 할 단계

인물이 변화하는 모습을 의미 있고 설득력 있게 그려내고 싶다
면, 실제로 우리에게 변화가 어떻게 일어나는지를 이해하는 것
이 도움이 될 것이다. 상담가로 일을 하는 동안 나는 변화의 단
계에 대해서, 그리고 개인이 이 단계에서 다음 단계로 넘어가
기 위해 어떤 종류의 일들이 동기를 부여하는지에 대해 배웠
다. 당시의 목표는 지금 내담자가 있는 단계에 맞추어 그들을
상대하는 것이었다. 우리는 너무도 자주 사람들을 변화시키기
위해 억지로 밀어붙인다. 변화해야 하는 행동이 무엇이든 간에
그 행동을 계속해서는 안 되는 이유를 알려주기만 한다면, 혹
은 다른 대안을 알려주기만 한다면 '당연한 결과로서' 그들이
변화를 이루어낼 것이라고 기대한다. 그리고 생각처럼 결과가
나오지 않을 때 낙담하고 만다.

　여기에서 설명할 초이론적 모형The Transtheoretical Model은

1982년 제임스 프로차스카James Prochaska가 소개한 이론이다. 이 이론에서는 변화에 대한 몇 가지 이론들을 결합하여 다섯 단계로 이루어진 변화 모형을 완성했다. 변화의 다섯 단계란 숙고 전 단계, 숙고 단계, 준비 단계, 실행 단계, 유지 단계다.

초이론적 모형은 정신과 의사들을 돕기 위해 고안되었다. 이 모형을 통해 정신과 의사들은 변화가 어떤 방식으로 일어나는지, 환자가 변화의 어느 단계에 있는지, 변화의 다음 단계로 넘어갈 수 있도록 돕기 위해 어떤 일들을 할 수 있는지를 이해한다. 이 모형은 체중 감량, 금연, 건강 증진 같은 변화에 초점을 맞추어 만들어졌지만 만성 통증 대응을 비롯하여 여러 가지 종류의 변화에도 효과를 보이며 적용되어 왔다. 작가의 입장에서 우리는 이 모형을 이용하여 소설이 진행됨에 따라 인물이 변화의 어느 단계에 이르렀는지 이해할 수 있을 뿐만 아니라 인물이 다음 단계로 넘어갈 수 있는 계기를 마련하는 현실적인 상황을 창작할 수 있다.

이제 변화의 다섯 단계를 좀 더 구체적으로 살펴보도록 하자. 여기에서 인물이 이루고자 하는 변화를 금연이라고 하자. 이 예를 통해 각 단계가 어떻게 작용하는지 한층 잘 이해할 수 있을 것이다. 우리는 하루에 담배를 두 갑씩 피우는 흡연자인 데릭이라는 인물을 창조해낼 것이다.

1단계: 숙고 전 단계

숙고 전 단계에 있는 사람은 변화하고자 하는 마음이 전혀 없다. 자신의 문제에 대해 아예 인식하지 못하거나 혹은 제대로 이해하고 있지 않다. 이 단계에 있는 사람은 변화를 강요당하는 기분을 느낄 것이다. 이 단계에 있는 사람의 머릿속을 들여다본다면 아마 이런 생각을 하고 있을 것이다. "문제가 있다고? 무슨 문제? 내 유일한 문제는 끊임없이 사람들이 나한테 문제가 있다는 말을 한다는 것뿐이야."

우리의 인물인 데릭은 몸이 가뿐하다고 말하면서 담배 연기 고리를 만들고 있다. 흡연 문제가 전혀 신경 쓰이지 않는다. 그의 할머니는 하루에 담배를 세 갑씩 피웠는데 105살까지 사셨다. 할머니는 담배를 피우면서 조깅을 하는 것을 좋아했다. 데릭은 흡연의 위험을 경고하는 과학 연구들이 일종의 가짜 뉴스라는 음모론을 주장한다. 담배 재배 농부들을 싫어하는 사악한 비밀 결사가 만들어낸 음모라는 것이다. 말끝마다 데릭은 생각이 짧아 보이는 말을 덧붙인다. "맞아요. 담배를 피우면 몸에 해롭죠. 하지만 다들 어떤 이유로든 죽기 마련이잖아요?"

숙고 전 단계에 있는 사람들은 변화하지 않을 것이다. 이들은 자신이 지금 하는 행동을 바꾸지 않을 온갖 이유와 핑계를 가지고 있다. 이 단계에 있는 사람을 변화시키고 싶은 마음에 왜 그들이 어떤 일을 다른 방식으로 해야 하는지 아무리 이유를 설명한다 해도 실패로 돌아갈 수밖에 없다. 우리는 이 단계에 있는 사람을 변화시킬 수 없다. 다만 바라건대 이들이 다음 단계로 옮겨가게 만들 수 있을 뿐이다. 그런 후에야 비로소 실제적인 행동의 변화를 이끌어낼 수 있을 것이다. 어떻게 행동의 변화를 이끌어내는지에 대해서는 이후에 다시 논의하도록 하자.

✦ 우리의 인물이 숙고 전 단계에 있다면 자신이 가진 문제를 무시하
거나 별것 아닌 것처럼 치부하기 위해 스스로 어떤 이야기를 들려
주고 있는가?

_____

_____

_____

_____

_____

✦ 이야기 속 또 다른 인물이 우리의 주인공에게 문제가 있다는 사실
을 알아차리는가? 이 다른 인물은 주인공에게 이 문제를 어떤 식
으로 거론하는가? 주인공은 다른 인물의 말을 어떻게 받아들이
는가?

_____

_____

_____

_____

_____

2단계: 숙고 단계

숙고 단계에 있는 사람은 문제가 있다는 사실을 인식하고 있다. 하지만 변화를 반드시 해낼 의지가 없다. 혹은 구체적인 계획 없이 그저 앞으로 언젠가는 바뀔 것이라고 말할 뿐이다. 이 단계에 있는 사람의 머릿속을 들여다본다면 아마 이런 생각을 하고 있을 것이다. "알겠어…. 작은 문제가 있기는 해. 그리고 언젠가는 그 문제를 어떻게든 해결하긴 할 거야."

우리의 데릭은 아마도 이런 식으로 말할 것이다. "알겠다고요. 흡연이 몸이 안 좋다는 건 알아요. 일단 (여기에 핑계를 넣자. 예를 들면 이런 것이다. '아내가 임신을 한다면' '시험이 끝나면' '마흔 살이 되면' '나이 든 부모님 때문에 스트레스를 받는 상황이 끝나면') 완전히 담배를 끊으려고 생각은 하고 있다니까요."

이 단계에 흔히 나타나는 행동 중 하나는 인물이 문제를 그대로 둘 때의 장점과 해결할 때의 단점을 저울질한다는 것이다. 변화해야 할 필요가 있는 인물은 이런 행동을 통해 문제를 인식하면서도 행동의 부재를 정당화한다. 예를 들어 우리의 인물인 데릭은 흡연을 옹호하려 들 것이다. 담배를 피우면 마음이 편해진다. 담배를 피우는 것은 사람들과 어울리기 위한 방편이다. 흡연은 복고적이고 고풍스러워 보인다. 한편 이런 저런 이유로 금연에 대해 반대 의견을 토로할 것이다. 담배를 끊으면 체중이 불어날 것이다. 담배를 끊으면 담배를 피우는 친구들이 자신들과 어울려주지 않는 일에 서운해할 것이다. 담배를 피우는 시간은 하루 중 사무실 밖으로 나가는 유일한 시간이다.

✦ 인물은 지금 당장 변화하지 않는 것에 대해 어떤 핑계를 대는가?
또한 변화하지 않고 지금의 삶을 유지하는 것을 어떤 식으로 옹호
하는가?

_____

_____

_____

_____

_____

✦ 인물은 변화하는 것에 대해 어떤 식으로 반대론을 펼치는가?

_____

_____

_____

_____

_____

_____

3단계: 준비 단계

마침내, 변화를 향한 움직임이 나타나기 시작한다. 이 단계에서는 의도와 행동이 함께 결합되어 나타난다. 하지만 여기에서 행동은 실제로 무언가를 실행하는 것보다 계획을 세우는 것에 가깝다. 우리는 이 단계에 있는 사람들이 정보와 자료를 수집하는 모습을 보게 된다. 다만 계획을 세울 마음을 먹었다고 해서 그 계획이 반드시 좋은 것은 아닐 수 있다는 점을 명심하자. 예를 들어 살을 빼야겠다고 말하면서 날씬해지기 전까지는 통밀 크래커와 과일 외에는 아무것도 먹지 않겠다고 작정할 수도 있다. 이 단계에 있는 사람들의 머릿속을 들여다본다면 아마 이런 생각을 하고 있을 것이다. "이 문제를 어떻게 변화시켜야 할지 해결책을 찾아야만 해. 계획이 필요해. 나는 이렇게 할 작정이야."

우리의 인물인 데릭은 주위 사람들한테 자신이 담배를 끊을 것이라 이야기하며 그들한테 효과가 있었던 방법을 물어본다. 어쩌면 가게에서 니코틴 껌을 찾아보고 가격을 확인해봤을지도 모른다. 하루에 몇 번이나 담배를 피우러 나가는지 계속 의식하며 횟수를 세는 한편 지하철에서 최면요법에 대한 광고를 눈여겨본다. 최면요법이 정말로 효과가 있을지 궁금해한다. 어쩌면 금연을 시작할 날짜를 정해두었을 수도 있다. 그는 다가오는 이번 생일부터 담배를 끊을 계획이다.

어떤 사람이 이 단계에 있다는 사실을 알려주는 핵심적인 지표는 이들이 주위에서 무언가를 눈여겨본다는 것이다. 새 차를 구입한 후에, 예를 들어 기아 차를 구입하고 나서 주위에 '온통' 기아 차가 보이는 경험을 한 적이 있는가? 운전을 하고 나가면 기아 차를 꼭 한 대는 마주치게 된다. 나로 말하자면, 지난번 마트에 갔을 때도 주차장에 내 차와 똑같은 색의 차가 한 줄에 세 대나 주차되어 있었다.

임신한 것을 막 알게 된 임산부의 경우도 마찬가지다. 주위를 둘러보면 온통 임산부들로 가득하고 모든 사람들이 아기를 안고 있다. 어디를 봐도 아기와 아기용품만 눈에 띈다. 실제로 이런 현상을 가리키는 용어가 있는데, 이런 현상은 바더-마인호프 현상Baader-Meinhof Phenomenon이라고 알려져 있다. 다른 말로 빈도 환상, 최근성 착각이라고도 불린다. 이 현상은 우리의 두뇌가 새로운 것에 흥분한 결과, 선택적 주의가 일어나기 때문에 나타난다. 의식적으로 그 새로운 것에 대해 생각하지 않는다 하더라도 우리의 무의식이 흥분한 나머지 "이것과 관련된 것들을 열심히 찾아볼게"라는 메시지를 보내는 것이다.

작가의 입장에서 우리는 인물이 전에는 없던 방식으로 주위에서 벌어지는 일을 눈치 채게 만들면서 인물이 이 단계에 진입했다는 사실을 보여줄 수 있다. 인물은 변화하기 위해 도움이 될 만한 정보를 수집하며 변화를 이루기 위해 필요한 퍼즐 조각들을 하나씩 맞추기 시작할 것이다. 앞에서도 언급했지만 인물이 생각해내는 계획은 어쩌면 그리 뛰어난 계획이 아닐 수도 있다. 그리고 단편을 쓰지 않는 이상, 인물의 계획은 성공을 거두기 전까지 중대한 문제와 어려움을 헤쳐나가야 할 가능성이 높다.

수많은 소설에서는 스승 역할을 하는 인물이 등장한다(덤블도어, 갠달프, 오비완 캐노비 같은 턱수염을 기른 백인 할아버지들에게 박수를 보내자. 이들은 벌써 몇 년 동안이나 스승 역할을 수행해 왔다). 이야기에서 스승 캐릭터의 존재 이유는 주인공이 필요한 것을 배우고 성장할 수 있도록 돕는 것이다. 본질적으로 스승은 주인공이 준비 단계를 거쳐갈 수 있도록 돕는다. 예를 들어 데릭한테는 이미 오래전에 담배를 끊은 직장 동료나 친구가 옆에서 조언을 해주고 데릭의 금연을 도와줄지도 모른다.

스승 캐릭터는 단지 주인공을 가르치는 역할뿐만 아니라 독자를 가르치는 역할을 수행하기도 한다. 종종 독자는 스승의 가르침을 통해 주인공이 어떤 위험 부담을 감수하는지, 성공을 거두기가 얼마나 어려울 것인지, 어떤 지식을 손에 넣기 위해 무엇이 필요한지를 이해하게 된다. 스승은 또한 작가가 배경 이야기의 세부 사항과 역사를 슬쩍 끼워 넣을 수 있는 기회이기도 하다. 이를테면 스승 캐릭터는 이런 대사를 할 수 있다.

"200년 전 반란이 일어난 후로 알시안 종족은 어려움을 겪어 왔어. 처음에 사람들은 의회군이 즉시 그들을 처단해버릴 것이라고 생각했지. 하지만 이상한 일이 벌어지기 시작했어. 알시안 종족이 마법을 사용한다는 소문이 퍼지기 시작한 거야."

✦ 이야기에서 인물이 계획을 세우기 위해 어떤 종류의 자료나 정보가 필요한가? 인물은 어디에서 이런 정보 혹은 자료를 손에 넣을 것인가?

_____

_____

_____

_____

_____

247

✦ 배경과 주위 환경에 어떤 요소를 배치한 다음, 인물이 이를 알아차리게 만들 수 있는가?

_____

_____

_____

_____

_____

_____

✦ 이야기 안에 스승 역할을 수행하며 주인공을 도울 수 있는 인물이 등장하는가? 주인공보다 한층 현명하고 유능한 스승 인물을 등장시킨다면 그 스승이 문제를 직접 해결할 수 없는 이유를 고안해야 한다는 점을 명심해야 한다.

4단계: 실행 단계

오랫동안 기다렸다. 바로 그 순간이 도래한 것이다. 이제 인물은 무언가 행동을 하고 있다. 이 단계에 있는 사람은 어떤 문제를 해결하기 위해 자신의 행동이나 경험, 혹은 환경을 변화시킨다. 그리고 이 단계는 종종 외부 세계에서 이 사람이 변화하고 있다는 사실을 알아차리는 시기이기도 하다. 이 단계에 있는 사람들은 자신의 계획을 행동으로 옮기면서 종종 설레는 기분에 빠지기도 한다. 무언가(휴가나 저녁 식사 데이트, 집수리 등)를 계획해본 적이 있는 사람이라면 계획의 첫발을 내딛는 순간 안도감과, 가끔은 약간의 불안감과, 설렘이 한꺼번에 밀려오는 기분을 알고 있을 것이다. 이 단계에 있는 사람의 머릿속을 들여다본다면 아마 이런 생각을 들을 수 있을 것이다. "이것 좀 봐!" 혹은 "이제부터 시작이야!"

데릭은 비흡연자로의 첫걸음을 일종의 의식처럼 거행할지도 모른다. 마지막 담배 한 갑을 종이절단기에 던져 넣거나 마지막 담배꽁초를 비벼 끈 다음, 그 순간을 오래도록 음미할지도 모른다. 우리는 이야기 속에서 데릭이 금연 패치를 붙이는 모습, 혹은 최면 치료를 받으러 가는 모습, 가게에서 담배가 진열된 선반을 지나쳐버리는 모습을 목격할 것이다. 직장 동료가 데릭의 자리로 와서 같이 담배 한 대 피우러 나가자고 물으면 데릭은 가슴팍을 더듬다가 자신이 금연 중이라는 사실을 기억해내고는 동료의 제안을 거절할 것이다.

실행의 첫걸음은 항상 긍정적이기 마련이다. 우리는 지금

껏 이 변화를 위해 준비해왔고, 변하고 싶다고 스스로를 설득해왔다. 자신의 목표를 위해 무언가를 실행한다는 것은 기분 좋은 일이다. 건강에 좋은 음식을 먹고 좀 더 건강을 챙겨야겠다고 결심했다면 운동을 하러 갔다 돌아오는 길에 그 영광스러운 순간이 찾아온다. 우리는 아침부터 운동을 하고 왔다는 자랑스럽고 우쭐한 기분을 만끽한다. 그다음 찬장과 냉장고를 정리하며 오레오 상자와 프링글스와 트리플 크림 브리 치즈를 쓰레기통에 버린다. 다른 예로는 자동차 여행을 떠나며 차에 시동을 걸며 바로 이 순간을 위해 마련해둔 여행용 음악을 트는 순간이 있다. 마침내 어디론가 향한다는 유쾌한 감각을 만끽하는 순간이다.

실행 단계의 나머지 부분은 한층 어려워질 수밖에 없다. 우리는 어떤 일을 다른 방식으로 하기 시작했지만 그 다르게 한다는 것이 결코 쉬운 일이 아니기 때문이다. 위에 언급한 예에서라면 2주 후 알람이 울리기 시작했을 때 오늘만큼은 정말로, '진심으로' 침대에서 일어나 운동을 하러 가고 싶지 않은 순간이 찾아온다. 우리가 원하는 것은 그저 40분 동안 한숨 더 눈을 붙이는 것뿐이다. 혹은 식당에서 구운 연어와 샐러드(소스는 따로 주시고요)를 주문해야 한다는 사실을 머리로는 잘 알면서도 식당의 메뉴판에서 우리를 부르고 있는 듯한 트리플 치즈를 얹은 이탈리아 소시지 라쟈나에서 눈을 떼지 못할지도 모른다.

자동차 여행의 예에서는 차들이 길게 늘어선 교통체증에 적어도 30분 동안 갇혀 있으면서 다들 왜 이렇게 운전을 형편없이 하는지 화가 치밀어 오르는 순간이 찾아온다. 그리고 바로 그때 우리는 꼭 가져왔으면 했던 물품을 잊고 가져오지 않았다는 사실을 기억해낸다. 다시 집으로 돌아가 가져오기에는 이미 집에서 너무 멀리 떠나온 후이다.

　다음 장의 마지막 단계에서는 사람들이 이 어려움을 어떻게 해결하는지에 대해 다룰 것이다. 하지만 여기에서 중요하게 언급하고 넘어가야 할 한 가지는 변화를 만들고자 할 때 일이 언제나 순탄하게 흘러가지만은 않는다는 사실을 명심해야 한다는 것이다. 현실에서도 그렇거니와 소설에서도 마찬가지다.

✦ 인물은 자신이 변화에 착수한다는 사실을 기념하기 위해 외모를 바꾸거나, 새로운 옷을 사거나, 행사를 열거나, 다른 사람에게 맡기거나, 집을 청소하거나, 변화하고 싶은 무언가를 상징하는 물건을 부수거나 하는 일종의 의식을 거행하는가?

✦ 새로운 변화를 시작하면서 인물은 어떤 긍정적인 경험을 하는가?

✦ 변화를 지속시키는 과정에서 인물은 어떤 어려움과 마주한 끝에 도대체 애초에 왜 자신이 변화하겠다는 결심을 하게 되었는지 의심하기 시작하는가?

✦ 인물 주위의 사람들은 인물의 변화에 대해 어떻게 반응하는가? 인물의 변화를 응원하는가?

5단계: 유지 단계

변화는 정적일 때가 별로 없으며 종종 역동적이기 마련이다. 예를 들어 우리의 목표가 좋은 음식을 먹고 운동을 하면서 건강해지는 것이라고 한다면 이제 충분히 건강하니, 이 문제에 대해서 다시는 생각하지 않아도 되는 지점은 결코 도래하지 않는다. 건강해진다는 것은 살아가며 끊임없이 지속되는 과정으로 우리는 매 순간 무엇을 먹을지, 운동을 하러 나갈지를 되풀이하여 고민해야 한다. 건강을 우선순위로 놓기로 결심한 적이 있는 사람이라면 잘 알 테지만, 과거의 나쁜 습관으로 되돌아가기란 너무나도 쉽다. 건강을 유지한다는 것은 끝이 없는 과정으로 우리의 대다수는 이를 제대로 해내지 못해 고생한다. 유지 단계에 있는 사람은 변화의 긍정적인 면을 계속 되새기며 다시 과거로 돌아가지 않기 위해, 계속 변화를 유지하기 위해 노력해야만 한다.

이 단계에 있는 사람의 머릿속을 들여다본다면 아마 이런 생각을 하고 있을 것이다. "그래, 케이크를 먹었어. 그래서 어떻다는 거야? 내일은 다시 운동하러 갈 거야. 별일 아니야." "그래, 내가 남편을 좀 더 믿어보겠다고 말했다는 거 알아. 그러니까 나는 남편 전화기를 뒤져보거나 문자를 확인하지 않을 거야. 내가 확인하지 않고는 못 배기는 사람이라고 남편이 생각하게 만들고 싶지 않으니까. 또 나도 그런 짓을 하는 사람이 되고 싶지 않아." 이 단계는 나쁜 행동이 되풀이하여 불쑥 튀어나올 때마다 자신을 다시 추스르고, 이 변화를 유지할 때 자신이 무엇을 얻게 되는지 끊임없이 되새겨야 하는 단계다.

우리의 친구인 데릭 또한 금연하느라 힘겹게 고생하고 있을 가능성이 높다. 데릭은 담배를 피우는 꿈을 꿀지도 모른다. 그리고 맥주 몇 잔을 마신 다음 도저히 흡연의 유혹에 저항할 수 없었던 순간이 있었을지도 모른다. 아마 다음 날 잠에서 깼을 때 입에서는 마치 재떨이 같은 맛이 났을 수도 있다. 우리는 데릭이 담배를 끊으려고 노력하다 실패하고 그다음 다시 담배를 끊으려고 노력하는 모습을 보게 될지도 모른다.

수많은 이야기에서 유지 단계는 큰 역할을 수행한다. 인물이 앞으로 나아가기 위해 노력하지만 힘겨운 시간을 보내는 시기이기 때문이다. 예를 들어 다음과 같은 식으로 이야기 구조를 짤 수도 있다. 격변의 사건으로 인물은 변화하기로 결심하고 계획을 세운 다음 이 계획을 실행한다. 그리고 이야기의 2막과 3막에서는 그 변화에서 비롯되는 힘겨운 상황이 닥칠 때마다 인물이 어떻게 그 변화를 유지하는지를 보여주게 된다.

예를 들어 인물이 중독 문제에 시달리는 이야기를 쓴다고 해보자. 격변의 사건은 사회복지사가 찾아와 집에서 자녀를 데려가는 일이 될지도 모른다. 인물은 재활 치료 시설에 들어간다. 이야기의 대부분은 인물이 어떻게 술을 끊고 그 상태를 유지하려 노력하는지의 과정에 할애될 것이다. 십중팔구 이야기가 4분의 3의 지점에 이르렀을 때 어두운 순간이 도래할 것이다. 인물은 다시 중독에 심각하게 빠져든다(어쩌면 자녀 양육권을 결정하는 재판이 열리기 직전일 수도 있다. 의심이 들 때는 항상 인물에게 불리한 방향으로 일을 꾸며야 한다). 책의 결말에서 인물은 다시 한번 술을 끊고 금주에 대한 의지를 나타내는 어떤 종류의 변화를 실천하거나(해피엔딩), 혹은 다시 중독으로 깊이 빠져들 것이다(새드엔딩).

하지만 변화의 단계를 이야기의 단계 혹은 전환점에 알맞게 배치하는 손쉬운 정답은 없다. 우리는 또한 알코올 중독자로서 격변의 사건으로 인해 자녀를 잃었지만 그럼에도 불구하고 자신의 문제를 인정할 마음이 없거나, 자신에게 문제가 있다는 사실을 깨닫지 못하는 인물에 대해 이야기를 쓸 수도 있다. 이야기를 쓰면서 처음 절반에서 변화의 초기 단계, 즉 숙고 전 단계와 숙고 단계만을 다룰 수도 있다. 절정 장면에 이르러서야 인물은 마침내 변화해야겠다고 결심하게 될 수도 있다. 독자는 마지막 장면에서 인물이 변화를 실행에 옮기는 모습을 보게 되지만 인물이 변화의 마지막 단계를 어떻게 거치게 되는지는 보지 못한다.

✦ 긍정적인 변화를 계속 유지하고 있다는 사실을 보여주기 위해 인물은 어떤 일을 해야만 하는가? 계속 변화를 유지하는 동안 인물은 어떤 내적/외적인 어려움과 마주할 것인가?

_____

_____

_____

_____

✦ 인물은 과거의 안 좋은 행동으로 다시 빠져들 것인가? 인물이 과거의 나쁜 행동으로 다시 빠지도록 떠미는 마지막 지푸라기는 무엇인가?

_____

_____

_____

_____

_____

✦ 인물은 과거의 나쁜 행동이 되풀이하여 튀어나올 때 어떻게 반응
하는가? 인물이 다시 과거의 나쁜 행동으로 되돌아갈 때 인물의
주위 사람들은 어떻게 반응하는가?

_____

_____

_____

_____

_____

_____

✦ 인물이 마침내 승리를 거둘 수 있도록 하는 것은 무엇인가?

_____

_____

_____

_____

_____

_____

22장

동기가 있어야 변화가
이루어진다

변화의 단계를 이용하는 상담가는 각 단계마다 특정한 동기화 를 통해 내담자가 한 단계에서 다음 단계로 넘어갈 수 있도록 돕는다.

숙고 전 단계에서 상담가의 임무는 내담자에게 의심을 불러일으킨 끝에 내담자가 문제가 있다는 사실을 인식하고, 지금 하고 있는 행동의 위험성을 깨닫도록 유도하는 것이다. 이 단계에 있는 사람은 자신에게 문제가 있다고 생각하지 않기 때문에 이 단계에서는 내담자가 어쩌면 문제가 있을지도 모른다는 사실을 인식할 수 있도록 돕는 것이 바람직하다.

숙고 단계에서 상담가의 임무는 균형을 무너뜨리는 것이다. 이 단계에 있는 사람은 문제가 있다는 사실을 인식하고 있기는 하지만, 변화를 위해 노력할 마음의 준비가 되어 있지 않다. 여기에서 목표는 변화해야 하는 이유와 변화하지 않으면 잃게 될 것들에 대한 인식을 계속해서 증대시키는 것이다. 이 단계에서는 내담자가 변화할 수 있으며 앞으로 나아갈 수 있다는 것을 상담가가 믿고 있다는 점을 강조하는 것이 바람직하다.

준비 단계에 있는 사람을 돕는 최선의 방법은 계획을 세우는 노력을 지원하는 것이다. 여기에는 다른 선택지를 제시하거나 이미 세운 계획을 장점과 단점을 고려하여 평가하도록 돕는 일이 포함된다.

실행 단계에서 상담가는 실제로 변화의 첫발을 내딛는 내담자를 옆에서 응원하는 역할을 맡는다. 내담자가 어떤 특정한 과업을 해낼 수 있도록 도울 수도 있고 혹은 그저 정서적으로 지지를 보낼 수도 있다. 이 단계에서 상담가는 종종 내담자에게 앞으로 장애물이 나타날 것이라고 경고하는 한편 내담자가 그 장애물을 잘 헤쳐나갈 수 있으리라는 확신을 심어 주기도 한다.

마지막 단계인 유지 단계에서 상담가는 지금까지 지나온 과정을 돌이켜보면서 내담자가 시작할 때와 비교해 얼마나 많은 변화를 이루어냈는지 인식할 수 있도록 돕는다. 그리고 필요하다면 변화를 향한 동기를 유지하기 위해 변화해야 하는 이유를 재검토한다. 내담자가 변화를 유지하길 어려워한다면 계획을 재검토하고 상황이 어려워질 때마다 다른 행동을 취할 수는 없는지, 어떻게 달리 도울 방법은 없는지 살펴보기도 한다.

그렇다면 구체적으로 어떤 종류의 일들이 벌어지며, 이를 원고에 어떻게 이용할 수 있는지 알아보자.

의식 고취

의식 고취란 어떤 특정 문제의 원인과 결과, 해결책에 대한 인식과 정보를 증대시키는 것을 의미한다. 이를 원고에서 보여줄 수 있는 방법은 다음과 같다.

* 문제 행동으로 인해 인물이 어떻게 피해를 입을 수 있는지를 보여주며 위기감을 증대시킨다. 예를 들어 좀 더 몸에 좋은 식생활을 하며 건강해질 필요가 있다면 인물이 심장 발작을 일으키거나 생명에 위협이 되는 질환을 앓게 할 수 있다.

* 인물이 자신과 똑같은 문제를 겪고 있는 누군가를 만나거나 관찰하면서, 그 사람의 경우에 그 문제가 어떻게 풀려나가는지 혹은 풀려나가지 않는지를 목격하게 만든다. 인물이 변하지 않는다면 어떤 일이 일어날지를 경고하는 본보기인 셈이다.

* 앞의 경우를 긍정적으로 변형하여 인물이 그 문제에서 자유로워진 누군가를 만나거나 관찰하게 만들 수도 있다. 그리고 인물은 "와, 저렇게 살 수 있다면 정말 좋겠다"라고 깨닫게 된다.

* 인물의 문제가 부각되는 순간순간을 몽타주 기법으로 엮은 장면으로 보여줄 수도 있다.

* 또 다른 인물이 인물의 행동에 대해 문제를 제기한다.

* 인물은 우연히 자신이 가진 문제에 대해 실행 가능한 해결

책을 접하게 된다. 혹은 다른 인물이 해결책을 제시해준다. 인물이 자신에게 문제가 있지만 해결할 방도가 없으며 그 문제를 품고 살아가는 방법을 배울 수밖에 없다고 생각하는 경우 이 방법이 효과적일 수 있다.

✦ 어떤 인물 혹은 어떤 사건이 등장하여 주인공에게 문제가 있다는
   사실을 인식하게 만드는가?

_____

_____

_____

_____

_____

263

✦ 주인공이 변화한다면(혹은 변화하지 않으면) 어떤 일이 일어날지
   본보기가 될 만한 또 다른 인물이 이야기에 등장하는가?

_____

_____

_____

_____

_____

극적인 해소

우리는 열정이나 두려움, 분노 같은 강렬한 감정이 종종 변화를 이끈다는 사실을 알고 있다. 나는 이런 것을 개인적으로 경험한 적이 있다. 내가 어렸을 때 아버지는 흡연가였다. 그 당시 우리 집에서는 아침마다 엄마가 나를 깨워주고 준비를 시켜주는 역할을 맡았고 저녁에 아빠가 나를 재워주는 역할을 맡고 있었다. 밤마다 아빠는 침대에 누워 이야기를 들려주고 잘 자라고 뽀뽀를 해주었다.

그러던 어느 날 나는 더 이상 이야기도 듣고 싶지 않고 뽀뽀도 받고 싶지 않다고 선언했다. 아빠는 아빠가 재워주기에는 이제 다 큰 기분이 드는지 물었다. 나는 크게 뜬 눈으로 아빠를 쳐다보며 말했다. "학교에서 담배의 위험에 대한 영상을 봤어요. 아빠가 이제 곧 죽을 거라는 걸 알아요. 그러니 지금처럼 아빠를 사랑하고 싶지 않아요." 그 다음 나는 야단스러울 만큼 슬픔이 가득한 한숨을 내쉬고는 몸을 돌리고 침대를 향해 타박타박 걸었다. 그 순간 내 작디작은 손으로 아직 뛰고 있는 아빠의 심장을 가슴에서 찢어냈다는 데는 의심할 여지가 없다.

아버지는 담배를 끊었다. 그게 쉬운 일이었다고 말하는 것은 아니다. 하지만 어떤 행동에 대해 강렬한 감정을 불러일으킨 다음 그 감정을 해소할 수 있다고 알려준다면, 이는 행동의 변화로 이어질 수 있다. 건강한 생활 방식을 실천하기를 거부하다가 불현듯 건강에 대해 두려움이 생기면 갑자기 운동을 하러 가기 시작하는 것은 바로 이런 이유 때문이다. 혹은 연인과의 관계를 당연한 것으로 여기다가 다른 누군가 자신의 연인에게 호감을 보인다고 생각하는 순간 심경의 변화를 겪는 것도 마찬가지의 이유에서다. 극적인 해소를 원고에서 보여줄 수 있는 방법은 다음과 같다.

* 격변의 사건. 이야기에서 격변의 사건이 변화를 일으키는 극적인 사건으로 작용할 수 있다. 인물 자신이 목숨을 잃을 뻔한 경험일 수도 있고, 누군가의 죽음, 사고, 혹은 분노나 절망적인 두려움을 느끼는 순간일 수도 있다. 이런 사건을 겪은 인물은 그 자리에 멈추어서서 자신의 삶이 어디에 와 있는지 찬찬히 돌아보고 계속해서 그 길을 따라가고 싶은지를 결정하게 된다.

* 극적이지는 않지만 감정적으로 충격을 주는 사건. 가끔 사건 자체는 그리 극적이지 않지만 인물이 그 사건으로 인해 감정적으로 충격을 받을 수도 있다. 예를 들어 친구의 결혼식에 참석했는데, 주위를 둘러보다 문득 대학 시절 친구들이 전부 결혼했다는 사실을 깨닫는 것이다. 피로연을 하던 중 주위를 둘러보니 온통 짝을 지은 사람들, 카메라를 향해 한껏 미소를 짓는 행복한 부부와 가족들로 가득하다. 그 순간 인물은 자신이 홀로 남겨져 있다는 사실을 깨닫는다. 곧 이야기의 나머지 부분은 사랑을 찾아 헤매는 주인공의 모습으로 채워질 것이다. 또 다른 예로 주인공은 거만하고 엄격한 상사 아래에서 일을 하고 있었을지도 모른다. 그런데 오늘 아침 커피숍 밖에 있던 노숙자가 자신이

라면 절대 그런 취급을 받으면서 견디지 않을 것이라는 무례한 말을 던진다. 주인공은 충격을 받는다. 직장이 있고 그 직장 덕분에 경제적으로 풍족하지만, 매일매일의 일상에 자유와 즐거움이 하나도 없다는 사실을 깨닫고는 주인공은 그 자리에서 직장을 그만둔다.

* 관계의 급변. 살다 보면 외부적인 요인에 의해 변화에 대한 압박을 받을 때가 있기 마련이다. 예를 들면 옆에 있던 누군가가 더 이상 우리가 술을 마시는 것을 두고볼 수 없다고 선언하고는 집을 나가버린다. 혹은 사랑하고 존경하는 사람이 그동안 우리가 계속해서 부인해왔던, 받아들이기 힘겨운 진실을 말해준다. 싸움을 하던 중에 나온 말일 수도 있고, 애정 어린 마음으로 부드럽게 하는 말일 수도 있지만, 어느 쪽이든 그 말에 담긴 의미에 크게 충격을 받는다는 것은 마찬가지다.

인물을 이런 곳으로 데려가는 일을 두려워하지 말아야 한다. 기억해야 할 것은 변화는 강렬한 감정과 함께 일어난다는 것이다. 단지 신경질이 나거나 불만스러운 정도가 아니라 격분이나 두려움처럼 강렬한 감정이어야 한다. 우리는 인물이 이런 감정을 극한까지 느끼도록 밀어붙이는 데 주저해서는 안 된다.

✦ 인물이 가장 감당하기 어려워하는 강렬한 감정은 무엇인가?

_____

_____

_____

_____

_____

_____

267

✦ 그 의견이 주인공에게 강렬한 감정을 불러일으킬 만한, 인물에게
   가장 큰 영향을 미치는 인물(자녀, 가장 친한 친구, 부모)이 있는가?

_____

_____

_____

_____

_____

_____

환경 재평가

환경 재평가란 우리의 행동이 우리의 환경에 어떤 영향을 미치는지, 그리고 우리가 변화한다면 이 변화가 환경에 어떤 영향을 미치는지 깨닫는 일이다. 환경 재평가를 위해 상담가는 내담자가 자신의 주위 환경을(그리고 주위에 있는 사람들을) 생각해보도록, 그리고 그 문제를 해결한다면 주위 환경이 어떻게 바뀔 수 있을지 상상하도록 돕는다.

우리 주위의 공간은 종종 우리가 현재 느끼고 있는 감정과 우리가 어떤 사람인지를 반영하기 마련이다. 만약 집 안이 너무 엉망진창으로 어질러져 있다면 이는 어쩌면 우리가 감정적으로 혼란을 겪고 있다는 사실을 암시할지도 모른다. 한편 꽃병 하나가 1센티미터라도 제자리에서 벗어나기라도 하면 그 사실을 바로 알아차리거나, 빈 잔을 내려놓는 순간 그 잔을 가져가 씻은 다음 치워버리는 사람이 있다면 그 사람이 통제 욕구를 느끼고 있다는 사실을 유추할 수 있을 것이다.

데이트하는 상대의 집에 처음으로 놀러갔다고 상상해보자. 아마도 데이트 상대에 대해 무언가를 알아내려는 마음으로 그 공간을 둘러보았을 것이다. 책장에는 어떤 종류의 책이 꽂혀 있는가? 편안한 분위기인가, 격식을 차린 분위기인가? 혹여 슬픈 광대를 그린 소름 끼치는 그림이 벽에 걸려 있지는 않은가? 혹은 자연 풍광을 찍은 흑백 사진이 걸려 있는가? 데이트 상대의 공간을 둘러보며 우리는 상대를 한층 잘 이해하기 위한 실마리를 찾는다.

상담가는 또한 내담자가 어떻게 자신을 내보이는지를 관찰한다. 어떤 옷을 살지 스스로 결정할 만큼 나이를 먹은 이후로 우리는 자신이 그려내고 싶은 이미지를 반영하여 옷가지를 선택하기 마련이다. 십 대들이 자신이 어떤 사람인지를 규정하는 동안 종종 다른 옷차림을 시도해보는 것은 바로 이런 이유에서다. 스포츠를 즐기는 유형인가, 격의 없이 편안한 유형인가, 사무적인 유형인가, 사회적 지위를 중요하게 여기는 유형인가. 우리는 우리 자신을 위해 옷을 입지만, 또한 다른 사람에게 보여주기 위해 옷을 입기도 한다. 옷차림은 우리가 어떤 사람인지, 우리가 어떤 사람이 되고 싶은지를 주위에 전달하기 위해 사용하는 걸어 다니는 광고판 같은 역할을 한다.

환경 재평가가 어떤 식으로 작용하는지 몇 가지 예를 들어 살펴보도록 하자. 어떤 사람이 좀 더 건강해지고 싶어 한다고 하자. 그 사람은 계단을 걸어 올라가도 숨이 차지 않는다면 어떤 기분이 들지 상상해볼지도 모른다. 혹은 친구들과 합류하여 등산을 하러 갈 수 있다면 얼마나 기분이 좋을지 상상해볼 수도 있다. 새로운 옷을 사 입고 자신의 외모에 흡족해하는 모습을 머릿속에 그릴 수도 있다.

이혼을 하려 하는 사람이라면 혼자 집을 독차지하는 모습을 상상할 것이다. 결혼 생활에 끊이지 않았던 싸움과 불화 없이 사는 모습을 머릿속에 그릴 것이다. 집을 마음대로 꾸밀 수도 있고 원한다면 누구라도 집으로 초대할 수 있다. "당신 정말 그걸 보려고?"라는 못마땅한 잔소리를 듣지 않고 텔레비전에서 원하는 프로그램을 무엇이든 볼 수 있다.

환경 재평가를 원고에서 어떻게 보여줄 수 있을까? 인물은 자신의 주위를 둘러본 끝에 주위 환경에서 어떤 것들을 알아차린다. 지금 현재 상태가 점점 짜증스럽게 여겨질 수도 있고 혹은 다른 사람이 하는 일을 보고 영감을 받게 될 수도 있다.

작가의 입장에서 이는 배경을 우리에게 최대한 유리하게 활용할 수 있는 기회다. 어떤 인물의 공간이 그들의 현재 상태를, 혹은 앞으로 그들이 어떤 사람이 되고 싶은지를 어떻게 반영하고 있는가? 예를 들어 흔히 알려진 관습적 장치는 쓰레기 더미에서 살고 있던 사람이 주위를 둘러보게 만드는 것이다. 운동복 바지를 입고 있는데, 솔직히 말해 며칠 동안이나 계속 입고 있었는지 기억나지 않는다. 머리는 감지 않았고 셔츠 자락에는 말라 비틀어진 시리얼 얼룩이 남아 있다. 아파트 안은 엉망진창이다! 다 먹고 버린, 기름이 덕지덕지 붙은 피자 상자가 문가에 쌓여 있고 개수대에는 접시가 산더미인데다 양말 한 짝이 램프 위에 올라가 있으며 아파트 안의 모든 것에는 담요 두께만큼 먼지가 쌓여 있다.

불현듯 인물은 더 이상 이 상황을 참을 수가 없다! 다음 장면에서는 인물이 샤워를 하고, 집을 북북 문질러 닦는 모습이 등장한다. 독자는 인물이 쓰레기를 봉지에 담아 내버리고, 탁자를 장식할 꽃을 사는 모습을 본다. 독자는 이 모습을 통해 어떤 변화가 있었다는 단서를 얻는다.

흔한 글쓰기 주제어로 인물이 냉장고(혹은 지갑, 침실 문)를 열고 그 안을 들여다보는 모습을 상상하는 것이 있다. 이 주제어는 인물 주변의 환경이 인물에 대해 무언가를 말해줄 것이라는 착상에 기반을 두고 있다. 냉장고 안에 재활용 가능한 용기에 담긴 유기농 샐러드, 두부, 코코넛 워터, 아마씨 가루를 가득 채워 두는 사람은 냉장고 안에 배달 음식 포장 용기와 케첩 한 병이 들어 있는 인물과는 사뭇 달라 보일 것이다.

영화를 좋아한다면 인물의 의상을 눈여겨보라. 영화에서는 관객에게 어떤 인물을 보여주기 위해, 인물의 기질과 느낌을 전달하기 위해 의상에 엄청난 공을 들인다. 예를 들어 〈스타 워즈 에피소드 4〉에서는 루크 스카이워커가 타투이 행성에 살고 있는 모습이 등장한다. 그때 루크는 중립적인 색의 단순한 의복을 입고 있다(어쨌든 여기에서 루크는 농부인 것이다). 누더기까지는 아니지만 오래 입어 닳아빠진 옷이 분명하며 어떤 면에서도 돋보이지 않는다. 영화의 말미에 루크는 레아 공주에게 그의 용기를 기리는 훈장을 받기 위해 크롬과 유리로 장식된 거대한 홀을 당당하게 걸어간다. 그때 루크는 군인이 되었으므로 군인처럼 보이는 복장을 하고 있다. 여기에서 그의 옷차림(그리고 배경)은 루크에게 일어난 변화를 반영한다.

✦ 인물이 살고 있는 공간을 살펴보자. 그 공간은 인물에 대해 무엇
을 말해주는가? 인물이 변화하고 있다는 사실을 보여주고 싶다면
그 공간에서 어떤 점이 달라질 것인가?

✦ 인물의 옷차림을 살펴보자. 인물은 어떤 옷차림을 하고 있는가?
인물이 옷을 입는 방식은 인물에 대해 무엇을 말해주는가? 인물
은 자신이 옷차림을 통해 전달하는 메시지에 만족하는가? 혹은
자신이 원하는 옷을 입을 만큼 자신감이 생긴다면 다른 옷을 입으
려 할 것인가?

자아 재평가

자아 재평가란 어떤 특정한 문제에서 자유로워졌을 때 자신이 어떤 사람이 될지 시각적으로 상상해보는 것을 의미한다. 개인이 자신의 문제를 해결할 수 있다면 자신의 삶이 어떻게 달라질 것인지, 자신에 대한 자아상이 어떻게 달라질 것인지 상상해보는 것이다.

긍정적 사고 이론에 대해 들어보았을 것이다. 혹은 실천해보았을 수도 있다. 긍정적 사고 이론은 단지 행복한 생각을 하는 것 이상의 의미를 지닌다. 연구에 따르면 부정적인 생각은 우리 두뇌에 영향을 미친다. 이 현상은 부분적으로는 생존 기술로써 발현된다. 숲속을 걷다 화가 난 곰과 마주친다면 우리 뇌는 부정적인 감정(공포심)을 인지하고 이에 반응하여 도망치라는 명령을 내린다. 이 순간 우리 두뇌가 하는 일 중 하나는 초점을 좁히는 일이다. 초점이 좁아지면 우리는 선택지를 고려할 수 있는 능력을 박탈당한다. 곰과 마주친 상황에서는 이런 선택지를 하나하나 검토할 시간이 없기 때문이다. 부정적인 사고의 틀 안에 갇혀 있다면 기회가 온다 해도 이를 포착하기 어려울 수 있다. 연구에 따르면 긍정적인 감정을 경험하는 사람은 더 많은 기회와 가능성을 식별하고 포착한다.

앞에서 우리는 밀어내기 동기화와 당기기 동기화의 차이에 대해 살펴보았다. 자아 재평가는 당기기 동기화가 작용하는 영역이다. 자아 재평가를 할 때 우리는 어떤 문제를 해결할 수 있다면, 어떤 변화를 만들어낼 수 있다면, 어떤 기분이 들지 상상한다. 이때 우리는 우리가 되고 싶은 바를 표현한다.

　　자아 재평가 같은 유형의 도움은 오직 그 개인이 자신에게 문제가 있다는 사실을 인식하고 변화를 만들고 싶어 하는 경우에만 효과를 발휘한다. 즉 숙고 단계나 준비 단계에 있어야 한다. 준비 단계를 헤쳐나가는 데 도움이 되는 한 가지 방법은 변화의 힘겨운 부분을 일단 끝마치고 나면 얼마나 상황이 좋아질 수 있는지 상상해보는 것이다. 이 상상의 도움을 받아 우리는 변화의 과정에 도사리고 있을 어려움을 헤치고 나가는 동안 변화에 대한 동기를 북돋울 수 있다. 하지만 아직 숙고 전 단계에 있는 사람이라면 자신에게 문제가 있다고 생각하지 않기 때문에 변화하기 위해 노력할 아무런 이유가 없다.

　　그렇다면 자아 재평가를 원고에서 보여줄 수 있는 방법은 무엇일까? 자아 재평가를 위해 상담가는 내담자가 시각화를 실천하도록 만들며 내담자를 돕는다. 작가의 입장에서 우리는 인물이 자신의 인생을 다른 모습으로 상상하는 장면을 보여줄 필요가 있다. 이 과업은 내적 독백을 통해 수행할 수도 있고, 혹은 인물이 신뢰하는 다른 인물과 더불어 어떤 특정 변화의 영향에 대해 이야기하게 만들 수도 있다.

✦ 인물이 자신이 원하는 삶을 보여주는 꿈을 꾼다면, 그 꿈은 어떤
식으로 펼쳐지는가?

_____

_____

_____

_____

_____

✦ 주인공이 새로운 방식으로 삶을 살아가는 모습을 상상할 수 있도
록 도울 만한 다른 인물이 주인공 주위에 있는가?

_____

_____

_____

_____

_____

자기 해방

자기 해방은 우리가 변할 수 있다는 믿음을 품는 것과 더불어 그 믿음에 기반을 두고 행동하려는 의지를 의미한다. 자기 해방을 실천하는 사람은 주로 실행 단계 혹은 유지 단계에 있을 가능성이 높다. 즉 실제로 변화를 실천하고 있거나 실천 과정을 검토하고 있는 중이다.

자기 해방과 관련하여 도움을 주기 위해 상담가는 긍정 확언을 강화한다. 내담자가 부정적인 생각을 표현할 때 상담가는 이 부정적인 생각을 다시 재구성하도록 돕는다. 예를 들어 "나는 못하겠어요"라는 말을 "나는 이 특정한 과업을 어떻게 해야 하는지 모르지만 그 방법을 배울 수는 있어요"라는 말로 바꾸고, "한 번도 살을 뺄 수 있었던 적이 없었어요"라는 말을 "좋은 영양 습관에 대해 배웠으니 이번에는 살을 뺄 수 있어요"라는 말로 바꾼다.

우리는 선택지가 한 가지뿐일 때는 선택지가 두 가지 혹은 그 이상일 때보다 변화를 이끄는 동기가 낮아진다는 사실을 알고 있다. 자신이 스스로 방향을 선택하여 앞으로 나아가는 주체라고 느낄 때 우리는 변화의 과정에 좀 더 헌신하게 된다. 바로 이런 이유 때문에 이를테면 건강해지기 위한 계획을 세우는 내담자에게는 여러 가지 선택지를 제시하고 그중에서 방법을 고르도록 제안하는 편이 좋다. 걷기 운동부터 시작할 수 있고 요가 수업을 들을 수도 있어요. 혹은 개인 트레이너와 함께 운동을 하기 시작할 수도 있습니다. 앞으로 나아가기 위해 자신에게 가장 잘 맞는 방법을 스스로의 힘으로 선택했다고 느낀다면 성공을 거둘 가능성이 높아진다.

그렇다면 자기 해방을 원고에서 보여줄 수 있는 방법은 무엇일까? 이를테면 이 단계를 거치는 인물이 내적 독백을 하는 모습을 보여줄 수 있다. 독자는 이 내적 독백을 통해 인물이 자신이 성공을 거둘 것이라 확신하는 모습을 보게 된다. 여전히 영혼이 어두워지는 어느 날 밤 작가가 인물의 발밑에서 깔개를 빼 버릴 가능성은 남아 있지만, 인물은 변화의 과정에서 적어도 한 번은 자신이 성공을 거둘 것이라 믿은 적이 있다. 독자는 또한 인물이 자신에게 가장 잘 맞는 최선의 방법을 찾기 위해 노력하면서 목표를 이루기 위해 여러 가지 방법을 시도해보는 모습을 보게 된다. 277

✦ 인물이 변화를 만들고자 할 때 어떤 선택지가 있는가?

✦ 인물이 자기 자신에 대해 하는 부정적인 말을 적으라. 인물은 어떻게 이 부정적인 의견을 긍정적인 것으로 바꾸기 시작할 것인가?

강화 유지

강화 유지는 유지 단계에 있는 사람에게 유용한 지원 방법이다. 강화 유지는 특정 방향으로 나아가기 위해서 강화와 처벌을 체계적으로 이용하는 것을 의미한다. 자신을 바꾸는 데 성공한 사람들은 처벌보다는 강화에 훨씬 더 치중한다. 이 말은 곧 채찍보다 당근이 더 효과적일 때가 많다는 뜻이다.

변화를 결심한 이들은 일단 행동을 바꾸기 시작하고 난 다음 정기적으로 자신의 행동을 확인하며 자신에게 변화에 대한 보상을 줄 때 가장 좋은 성과를 보인다. 바로 이런 이유 때문에 우리 창작 아카데미에서도 사람들에게 정기적인 피정이나 확인 모임에 참석하라고 권하는 것이다. 이런 모임에서 우리는 참석자들의 큰 목표를 작은 목표들로 쪼갠다.

예를 들어 "10만 단어로 된 소설을 완성한다"는 목표를 두는 대신 우리는 작가들에게 매일 30분씩 글을 쓰는 것을 목표로 삼으라고 권한다. 그리고 작가가 이 목표를 달성하면, 즉 30일 동안 매일같이 글을 썼다면 우리는 이를 함께 축하한다. 이 소소한 축하는 우리가 계속해서 노력하도록 격려하는 힘이 된다. 큰 변화를 이룬다는 것은 힘겹고 시간이 많이 걸리기 마련이다. 변화를 이루는 과정에서 보상을 받는다면 계속해서 노력할 수 있는 힘이 생길 뿐만 아니라 눈앞의 과제를 달성하는 일이 한층 손쉽게 느껴진다(이를테면 책 한 권을 완성하는 일은 어렵지만 책의 한 장을 쓰는 일은 할 만하다). 혹시 중간에 잠시 넘어진다 하더라도 다시 일어나 앞으로 나아갈 힘을 얻을 수 있다. 바로 이런 이유 때문에 변화를 위한 수많은 모임들에서는 정기적인 확인의 자리를 갖는다. 이런 모임을 통해 사람들은 계속 변화를 유지할 힘을 북돋을 뿐만 아니라 자신이 만들어내고 있는 변화를 한층 강화한다.

그렇다고 해서 당근에 더해 채찍을 사용할 여지가 전혀 없다는 뜻은 아니다. 다만 일반적으로 긍정적인 접근 방식이 더 효과를 발휘한다는 뜻이다. 그렇다면 강화 유지를 원고에서 보여줄 수 있는 방법은 무엇일까? 인물이 자신의 목표를 달성하려고 노력하는 과정에서 길에서 벗어나지 않도록 도움이 될 만한 좋은 일들(보상)에 무엇이 있을지 고민하자. 이 보상은 인물의 동기를 고취시킬 뿐만 아니라 독자에게 인물이 올바른 방향으로 나아가고 있다는 사실을 알려주는 신호이기도 하다. 독자는 인물을 응원할 것이며 인물이 노력에 대한 얼마간의 보상을 받을 때 함께 기뻐할 것이다.

✦ 인물이 계속 노력해나갈 동기를 부여하기 위해 어떤 당근이 효과
적인가?

✦ 인물이 동기를 유지하기 위해 어떤 채찍이 효과적인가?

✦ 이 당근과 채찍은 인물의 내면에서 오는가(자기 성찰 혹은 평가의
결과로서), 혹은 외부의 무언가에서 오는가?

다른 사람에 대한 영향

지금까지 우리는 개인이 변화의 다양한 단계를 어떤 식으로 거쳐가는지, 그리고 개인에게 도움이 되는 요소는 무엇인지, 개인의 관점에서 변화를 논의해왔다. 하지만 진공 상태에서 변화가 일어나는 경우는 거의 없다. 변화는 우리 주위의 사람들에게 영향을 미친다.

우리 인물의 주변 사람들이 인물이 만들고 있는 변화에 대해 어떻게 생각하는지를 고려하는 것은 중요하다. 가장 처음염두에 두어야 할 것은 누가 인물의 결정을 지지하는가이다. 인물과 가장 가까운 사람들일 수도 있지만 전혀 예상치 못한곳에서 도움의 손길을 내밀 수도 있다. 가끔 우리 삶에서 멀어졌다고 생각했던 사람들, 우리에게 적대적이라 생각했던 사람들이 필요한 순간 도움을 주기 위해 나설 수도 있다.

상담가는 내담자와 함께 이야기를 하며 내담자가 어떤 종류이든 변화를 헤쳐나가는 동안 주위의 누가 그 변화를 지원해줄 것인지 파악한다. 우리는 내담자에게 그 상대와 소통하고 도움을 요청하게 만든다. 그렇다면 다른 사람에 대한 영향을 원고에서 보여줄 수 있는 방법은 무엇일까? 작가의 시점에서 우리는 누가 우리의 주인공을 돕게 될지 고려해야 한다. 어쩌면 덤블도어나 오비완 같은, 주인공이 궁극적으로 성공을 거두기 위해 반드시 알아야 하는 것들을 주인공에게 가르쳐 주는스승을 이미 등장시켰을지도 모른다. 공식적으로 스승 캐릭터가 등장하지 않는다 해도 주인공을 이끌어주고, 조력을 제공하고, 상담역으로 역할을 수행하는 가장 친한 친구나 연인 같은 인물이 있을 가능성이 높다.

누구를 동원해 주인공을 돕게 만들든 간에 다음과 같은 요소를 염두에 두어야 한다. 우선 조력 인물은 문제를 해결하는 데 있어 주인공보다 유능해서는 안 된다. 그렇지 않다면 주인공을 대신하여 문제를 해결하지 못하는 모종의 이유가 있어야 한다. 바로 그렇기 때문에 수많은 스승 캐릭터들이 이야기 안에서 불행한 결말을 맞는 것이다. 스승은 보통 문제를 해결하는 데 더 적합한 인물이므로 독자는 주인공이 한발 나서 무언가를 배우고 변화한 끝에 문제를 해결할 수 있게 되기까지 기다리는 대신, 왜 능력이 더 뛰어난 스승 인물이 문제를 해결하지 않는지 의아해하게 된다.

한편 모든 도움이 긍정적인 것은 아니다. 왜 어떤 사람들(이론적으로 우리를 사랑한다는 사람들)은 우리가 긍정적으로 변화하려고 노력할 때 훼방을 놓으려 하는가? 예를 들어 이제 건강에 좋은 음식을 먹을 것이라고 선언한다고 해보자. 우리의 배우자 혹은 친한 친구가 처음에는 그 결정을 크게 지지하다가 점점 체중이 줄기 시작하자 태도가 변하기 시작한다. 갑자기 디저트를 주문하라고 권한다. "크렘 브륄레 하나인데 뭐. 같이 나눠 먹자. 그렇게 재미없게 굴래?" 어쩌면 집에 돌아왔을 때 누군가 쿠키를 구워 놓았을지도 모른다. 눅진하게 녹은 초콜릿 쿠키 냄새가 집 안 가득 풍기고 있다. "한 개만 먹어 보지 않을래? 너 먹으라고 일부러 구운 거야."

어쩌면 글쓰기에서도 비슷한 일이 벌어질 수 있다. 몇 년 동안 비평 모임에 참석해왔다고 가정해보자. 글을 쓰다 한숨 돌리기에 좋은 모임이었다. 그리고 우리는 이제 책을 쓰는 일에 대해 말만 하는 일은 그만두고 그 대신 실제로 책을 써야겠다고 결심한다. 실제로 글을 쓰기 시작하고, 글쓰기 학회에 참석하고, 작품을 여러 출판사에 보내기 시작한다. 이전에는 우리의 착상을 지지해주던 사람들이 난데없이 그 학회가 왜 시간 낭비인지 이유를 늘어놓고 글을 써서 실제로 돈을 버는 사람이 아무도 없다는 이야기를 어디서 어떻게 들었는지 말하기 시작한다.

우리가 만드는 변화의 어떤 면이 그들을 위협하는가? 어쩌면 그들은 우리의 변화로 인해 어려운 선택지를 고려해야 한다는 압박을 느낄지도 모른다. 그건 바로 그들 또한 그들 나름의 변화를 만들어야 한다는 선택지다. 그들은 다음과 같이 생각할 것이다. '모임에 함께 있을 때 우리는 한 팀이었다. 하지만 네가 무언가 다른 일을 시작하면서 곧 나 또한 변화해야 한다는 사실이 부각된다. 나는 그 변화가 불가능하다고 생각하는데, 너는 스스로의 노력을 통해 그 변화가 어렵지만 할 수 있는 일이라는 사실을 증명하고 있다. 그러면 이제 나는 나 자신의 노력(혹은 노력의 부재)과 직면할 수밖에 없다.'

누군가 우리의 노력을 훼방 놓는 또 다른 이유는 우리의 변화가 그들의 서사에 영향을 미치기 때문일 수 있다. 예를 살펴보자. '너는 얼굴이 예쁜 친구야. 나는 머리가 똑똑한 친구고. 네가 석사 학위를 따면서 얼굴이 예쁜 데다 머리까지 똑똑한 사람이 되어버리면 나한테는 뭐가 남는단 말이야?' 우리가 우리 자신에 대한 이야기, 신화를 가지고 있는 것과 마찬가지로 우리 주위의 사람들 또한 자신만의 이야기, 신화를 가지고 있다. 그리고 우리는 우리 자신의 이야기 안에서 어떤 역할을 수행하는 것과 마찬가지로 우리 주위 사람들의 이야기 안에서도 어떤 역할을 맡고 있다.

예를 살펴보자. 우리는 어렸을 때 미술학원에서 만난 이후로 친구로 지내왔다. 나는 성실한 역할이었고, 너는 항상 조금 특이한 데가 있는 친구 역할을 맡아 왔다. 나는 '현실적인 직업'을 위해 미술을 포기했고 결혼해서 자녀를 낳았다(아들 하나에, 딸 하나, 그리고 사랑스러운 검은 래브라도 강아지도 함께다). 너는 항상 질이 나쁜 연애를 하며 상대를 갈아치웠고 불쾌한 이별 끝에 우리 집의 잘 꾸며진 손님방에서 잠을 자며 지낸 적도 여러 번 있었다. 네 면전에 대고 직접 말하려고 한 적은 없지만 진심을 터놓자면 나는 가끔씩 네가 딱하다고 생각한다.

그런데 너는 마음을 다잡고는 진지하게 예술을 대하기로 결심한다. 작품 창작에 헌신한다. 너는 연애도 좋지만 우선 자신에게 집중해야겠다고 결심한다. 너는 예술 분야에서 성공을 거두기 시작한다(책과 그림, 조각). 전 세계를 여행하며 파리에서 주말을 보낸다. 자동차 뒷좌석에 먹다 흘린 과자 부스러기 같은 것은 없다. 지루한 교외 지역에 살지 않는다. 욕실 바닥에 깎은 발톱을 흘리지 않는 남자, 자기 엄마가 만든 로스트 치킨이 더 맛있다며 끊임없이 불평을 늘어놓지 않는 남자와 잠자리를 한다.

잠깐 기다려! 네 인생은 내 인생보다 더 나아서는 안 되지 않는가! 너를 살짝 딱하다고 생각하고 너를 보며 아주 조금 우월감을 느껴야 하는 사람은 바로 나였지 않은가. 젊은 나이에 일찍 결혼하면서 인생의 길을 잘못 선택한 것이 나였을까? 안전한 길을 택하는 것이 올바른 일이라며 스스로 들려준 이야기가 틀렸던 것일까? 내가 좀 더 위험을 감수하고 기회를 잡았다면 내가 꿈꿔 왔던, 예술을 창작하며 살아가는 인생을 살 수 있었을까?

자, 이런 상황에 처한다면 우리는 상대의 변화를 망치기 위해 노력하며 상대의 결정을 일일이 비판하고 다른 방향으로 나가도록 상대를 설득하려 할지도 모른다.

✦ 이야기 안에서 인물이 성취해야 하는 변화는 무엇인가? 변화를 설명하는 문장이 세 문장이 넘지 않도록 다듬어 써보자.

_____

_____

_____

✦ 변화가 내면적인 것이라면 이 변화를 어떻게 외적으로 보여줄 것인가? 예를 들어 인물이 다른 사람을 신뢰하는 법을 배울 필요가 있다면, 이 변화는 바깥에서 어떤 식으로 보여질 것인가? 인물이 다른 사람을 신뢰한다는 사실을 외부 세계에 보여주기 위해 인물에게 어떤 말을 하고 어떤 행동을 하게 만들 것인가?

287

_____

_____

✦ 주인공 주위의 사람들은 주인공의 변화에 대해 어떻게 생각하는가? 주인공을 도우려 하는가, 방해하려 하는가? 이들의 조력은 어떤 식으로 나타나는가? 주위 인물들이 주인공을 돕지 않는다면, 어떤 행동을 하는가? 왜 그런 행동을 하는가?

_____

_____

✦ 인물에게 변화하고 싶다는 동기를 부여하는 것은 무엇인가? 변화하지 않도록 동기를 부여하는 것은 무엇인가? 인물은 아마도 양쪽 모두에 대한 동기를 가지고 있을 가능성이 높다. 인물은 책을 쓰고 싶어 하지만, 한편으로는 새로 나온 드라마를 처음부터 끝까지 연이어 보고 싶어 한다는 점을 기억하자.

_____

_____

✦ 인물의 물리적 공간이 그 내면 상태를 어떻게 반영하는가? 인물의 공간이 이야기가 진행됨에 따라 변화하는가?

_____

_____

_____

✦ 인물은 변화를 통해 무엇을 얻는가? 인물의 삶은 어떻게 한층 나아지는가? 이 변화를 위해 인물은 무엇을 포기해야 하는가?

_____

_____

_____

✦ 인물은 변화하기 위해 노력하던 중에 실패를 겪는가? 그렇다면 자신의 실패에 어떻게 대응하는가? 계속해서 노력을 이어가기 위한 보상 및 처벌 체계를 갖고 있는가? 이야기 안에서 인물이 모든 것을 잃고 다 포기한 지경에 이른 것처럼 보이는 순간이 온다면 인물은 무엇을 통해 다시 한번 노력해볼 희망을 품게 되는가?

✦ 인물 주위의 사람들은 인물의 실패에 어떻게 반응하는가?

마무리

✦

현실적이고 입체적인
인물 창작의 모든 것

지금까지 과거에 일어났던 사건들이 인물이 어떤 사람인지를 어떻게 규정하는지, 한층 중요하게는 인물이 스트레스를 받을 때 반응하는 방식에 어떤 영향을 미치는지 살펴보면서 이야기 속에서 인물의 배경 이야기가 얼마나 중요한지를 알아보았다. 이 책을 통해 이야기 속 인물이 어떤 일들을 겪은 끝에 지금의 인물이 되었는지 좀 더 제대로 들여다보고 깊이 이해할 수 있게 되었기를 바란다.

우리는 또한 배경 이야기가 인물의 성격 발달에 어떤 영향을 미치는지도 살펴보았다. 정서 지능과 MBTI는 모두 인물의 장점과 약점을 이해하는 데 도움이 되는 틀이다. 이 두 가지 틀을 통해 우리는 인물이 어떤 상황에 처했을 때 본능적으로 어떤 반응을 보일지 착상을 얻을 수 있으며, 인물이 성장할 필요가 있는 영역이 어디인지 파악하는 데 도움을 받을 수 있다. 인물 사이에 자연스럽고 폭발할 가능성이 높은 갈등(내적 갈등을 포함하여)을 일으킬 만한 상황을 설정할 수도 있다. 이런 갈등은 현실 세계에서는 그리 이상적이지 않을 테지만 이야기에서는 아주 훌륭한 것이다!

마지막으로 우리는 인물이 어떻게 변화하게 되는지를 살펴보았다. 우리의 인물은 이야기가 진행됨에 따라 성장하고 변화하게 된다. 인물은 사나운 용에서부터 외계인, 그 살인을 멈추어야 하는 연쇄살인마에 이르기까지 여러 힘겨운 상황에 직면한다. 인물은 사랑에 빠지고, 사랑에서 벗어나며, 사랑을 나눈다. 인물의 성장은 종종 인물이 이야기 목표를 달성하게 만드는 힘으로 작용하며, 인물이 성장하지 못한다면 이야기는 비극적 결말로 이어질 수 있다. 작가의 입장에서 인물이 어떻게 변화를 헤쳐나가는지 이해한다면, 우리는 이 과정을 입체적이며 설득력 있는 방식으로 보여줄 수 있다.

핵심을 종합하자면 다음과 같다. 중요한 것은 인물에게 벌어지는 사건들이 아니라, 그 사건들에 대해 인물이 스스로에게 들려주는 이야기다. 인물은 주위의 일들에 어떤 의미를 부여하는가? 인물의 과거사는 인물의 현재 성격과 현재 일어나는 사건에 대응하는 방식에 어떤 영향을 미치는가? 인물은 어떤 방식으로 변화의 과정을 거치는가?

시간과 수고를 들여 인물의 성격에 대해 연구한다면 우리는 좀 더 깊이 있고, 독자에게 현실적으로 느껴지는 입체적인 인물을 창작할 수 있을 것이다.

감사의 말

✦

우선 나는 작가로서의 여러분의 여정에 동행할 수 있도록 기회를 주신 여러분께 감사의 마음을 표합니다. 글쓰기와 작법 기술에 대해 이야기하는 것보다 더 즐거운 일은 내게 그리 많지 않습니다. 소중한 시간을 내어 이 책을 읽어주셔서 고맙습니다. 더 좋은 이야기를 쓰는 데 이 책이 도움이 되었기를 바랍니다.

작가들을 위한 창작 아카데미의 모든 분들께도 크나큰 감사의 마음을 전합니다. 작가들을 위한 창작 아카데미는 작가와 창작자를 위한 훌륭한 공동체입니다. 여러분 모두가 힘을 북돋워주고 떠밀어준 덕분에 나는 더 나은 작가가 될 수 있었습니다.

특히 이 시리즈의 초기 독자가 되어준 시험 독자 팀에게 고맙다는 말을 전하고 싶습니다. 쉼표에 대해 그렇게 기억력이 좋을 줄 누가 알았겠습니까? 보니, 엘리사, 제니, 커스틴, 마리, 트레이시. 세부 사항들을 주의 깊게 살펴주고 어떻게 하면 더 나은 책을 만들 수 있을지 제안해준 일에 깊이 감사드립니다.

이 시리즈의 공동 저자인 크리스털 헌트와 도나 바커에게도 감사를 전합니다. 두 사람이 없었다면 이 책을 끝낼 수 없었을 것입니다. 실제로 이 책을 써야 한다고 나를 설득했던 것이

두 사람이므로 내가 야근을 해야 했던 것은 다 두 사람 탓입니다. 함께 작업한 모든 작품은 여러분의 도움 덕에 더 좋은 작품이 되었습니다. 두 사람에게 의지할 수 있다는 사실은 내게 커다란 선물입니다.

지금까지 만났던 모든 작가와 편집자, 에이전트에게도 큰 빚을 지고 있습니다. 모두 이 분야에 대한 지식을 나누어주었고 내가 기술을 갈고 닦을 수 있도록 도와주었습니다. 특히 내가 난생 처음 참석한 훌륭한 글쓰기 학회인 서리국제작가학회 Surrey International Writers Conference에 특별히 감사드립니다. 나는 이 학회를 통해 수많은 훌륭한 친구들을 만났습니다.

현실 세계에서도, 그리고 내가 상상 속 세계의 친구들과 놀고 있을 때에도 내 옆을 지켜준 친구들과 가족에게도 고맙습니다. 그리고 마지막으로 쓸모 있는 일은 전혀 하지 않지만, 매일 같이 웃음을 터트리게 해준 우리 개들에게도 고맙다는 마음을 전합니다.

참고 문헌

✦

『EQ 감성지능』, 대니얼 골먼, 웅진지식하우스, 2008.

『나에게 꼭 맞는 직업을 찾는 책』, 폴 D. 티거, 바버라 배런, 켈리 티거, 민음인, 2021.

『목표와 동기, 그리고 갈등 GMC: Goal, Motivation and Conflict — 훌륭한 소설의 토대가 되는 구성 요소』, 데브라 딕슨, Bell Bridge Books, 2013.

『베스트셀러 소설 쓰기 Writing the Breakout Novel — 문학 에이전트가 말해주는 소설을 한 단계 끌어올리기 위한 비법』, 도널드 마스, Writer's Digest Books, 2002.

『시리즈 작가의 전략 Strategic Series Author — 독자와 수입을 동시에 잡는 시리즈를 기획하고, 집필하고, 출간하는 법』, 크리스털 헌트, The Creative Academy, 2019.

『신화, 영웅 그리고 시나리오 쓰기』, 크리스토퍼 보글러, 비즈앤비즈, 2013.

『엉망진창 초고 쓰기 Scrappy Rough Draft : 과학을 활용하여 전략적으로 동기를 부여하고 책을 완성하는 법』, 도나 바커, The Creative Academy, 2019.

『인간의 130가지 감정 표현법』, 안젤라 애커만, 베카 푸글리시, 인피니티북스, 2019.

294

지은이

에일린 쿡 Eileen Cook

15권이 넘는 소설을 출간한 작가이자 20년 경력의 전직 상담가. 미시간주립대학교에서 직업 재활 상담으로 석사 학위를 받은 뒤, 오리온헬스 재활 및 평가 센터에서 컨설턴트로 근무했다. 이후로는 소설가로 활동하며 '작가들을 위한 창작 아카데미'를 공동 설립해 작가들의 글쓰기 여정을 돕고 있다. 현재는 작가들이 자신만의 독특한 이야기를 찾을 수 있도록 캐나다의 사이먼프레이저대학교에서 글쓰기에 관한 강연을 진행하는 연사로 활동 중이다.

옮긴이

지여울

한양대학교 토목환경공학과를 졸업하고 토목 설계 회사에서 일하다가 번역의 길로 들어섰다. 사람과 자연에 한 걸음 다가설 수 있는 책을 발굴하고 번역하기를 꿈꾸며 활동하고 있다. 옮긴 책으로는 『가장 오래 살아남은 것들을 향한 탐험』『탐정이 된 과학자들』『진리의 발견』『힘담꾼의 죽음』『넷플릭스처럼 쓴다』『묘사의 힘』『시점의 힘』『첫 문장의 힘』『디 아더 유』 등이 있다.

창작자를 위한 독자 심리 공략집 ①

빠져들 수밖에 없는 캐릭터

펴낸날 초판 1쇄 2024년 1월 22일

지은이 에일린 쿡

옮긴이 지여울

펴낸이 이주애, 홍영완

편집장 최혜리

편집1팀 김하영, 양혜영, 김혜원

편집 박효주, 장종철, 한수정, 문주영, 홍은비, 강민우, 이정미, 이소연

디자인 윤소정, 김주연, 기조숙, 박정원, 박소현

마케팅 김태윤

홍보 김민준, 김철, 정혜인, 김준영

해외기획 정미현

경영지원 박소현

펴낸곳 (주)윌북 **출판등록** 제 2006-000017호

주소 10881 경기도 파주시 광인사길 217

전화 031-955-3777 **팩스** 031-955-3778

홈페이지 willbookspub.com

블로그 blog.naver.com/willbooks **포스트** post.naver.com/willbooks

트위터 @onwillbooks **인스타그램** @willbooks_pub

ISBN 979-11-5581-678-3 (04800)

  979-11-5581-677-6 (세트)